一切的理由

藍藍 著

藍藍詩選

朝向漢語的邊陲

楊小濱

　　中國當代詩的發展可以看作是朝向漢語每一處邊界的勇猛推進，而它的起源也可以追溯出頗為複雜的線索。1960年代中後期張鶴慈（北京，1943-）和陳建華（上海，1948-）等人的詩作已經在相當程度上改變了主流詩歌的修辭樣式。如果說張鶴慈還帶有浪漫主義的餘韻，陳建華的詩受到波德萊爾的啟發，可以說是當代詩中最早出現的現代主義作品，但這些作品的閱讀範圍當時只在極小的朋友圈子內，直到1990年代才廣為流傳。1970年代初的北京，出現了更具衝擊力的當代詩寫作：根子（1951-）以極端的現代主義姿態面對一個幻滅而絕望的世界，而多多（1951-）詩中對時代的觀察和體驗也遠遠超越了同時代詩人的視野，成為中國當代詩史上的靈魂人物。

　　對我來說，當代詩的概念，大致可以理解為對以北島（1949-）和舒婷（1952-）等人為代表的朦朧詩的銜接，其轉化與蛻變的意味值得關注。朦朧詩的出現，從某種意義上可以看作官方以招安的形式收編民間詩人的一次努力。根子、多多和芒克（1951-）的寫作自始未被認可為朦朧詩的經典，既然連出現在《詩刊》的可能都沒有，也就甚至未曾享受遭到批判的待遇，直到1980年代中後期才漸漸浮出地表。我們應該可以說，多多等人的文化詩學意義，是屬於後朦朧時代的。才華出

眾的朦朧詩人顧城在1989年六四事件後寫出了偏離朦朧詩美學的《鬼進城》等傑作,不久卻以殺妻自盡的方式寫下了慘痛的人生詩篇。除了揮霍詩才的芒克之外,嚴力(1954-)自始至終就顯示出與朦朧詩主潮相異的機智旨趣和宇宙視野;而同為朦朧詩人的楊煉(1955-),在1980年代中期即創作了《諾日朗》這樣的經典作品,以各種組詩、長詩重新跨入傳統文化,由於從朦朧詩中率先奮勇突圍,日漸成為朦朧詩群體中成就最為卓著的詩人。同樣成功突圍的是游移在朦朧詩邊緣的王小妮(1955-),她從1980年代後期開始以尖銳直白的詩句來書寫個人對世界的奇妙感知,成為當代女性詩人中最突出的代表。如果說在1970年代末到1980年代初,朦朧詩仍然帶有強烈的烏托邦理念與相當程度的宏大抒情風格,從1980年代中後期開始,朦朧詩人們的寫作發生了巨大的轉化。

　　這個轉化當然也體現在後朦朧詩人身上。翟永明(1955-)被公認為後朦朧時代湧現的最優秀的女詩人,早期作品受到自白派影響,挖掘女性意識中的黑暗真實,爾後也融入了古典傳統等多方面的因素,形成了開闊、成熟的寫作風格。在1980年代中,翟永明與鐘鳴(1953-)、柏樺(1956-)、歐陽江河(1956-)、張棗(1962-2010)被稱為「四川五君」,個個都是後朦朧時代的寫作高手。柏樺早期的詩既帶有近乎神經質的青春敏感,又不乏古典的鮮明意象,極大地開闊了漢語詩的表現力。在拓展古典詩學趣味上,張棗最初是柏樺的同行者,爾後日漸走向更極端的探索,為漢語實踐了非凡的可能性。在「四川五君」中,鐘鳴深具哲人的氣度,用史詩和寓言有力地

書寫了當代歷史與現實。歐陽江河的寫作從一開始就將感性與理性出色地結合在一起，將現實歷史的關懷與悖論式的超驗視野結合在一起，抵達了恢宏與思辨的驚險高度。

後朦朧詩時代起源於1980年代中期，一群自我命名為「第三代」的詩人在四川崛起，標誌著中國當代詩進入了一個新階段，1980年代最有影響的詩歌流派，產自四川的佔了絕大多數。除了「四川五君」以外，四川還為1980年代中國詩壇貢獻了「非非」、「莽漢」、「整體主義」等詩歌群體（流派和詩刊）。如周倫佑（1952-）、楊黎（1962-）、何小竹（1963-）、吉木狼格（1963-）等在非非主義的「反文化」旗幟下各自發展了極具個性的詩風，將詩歌寫作推向更為廣闊的文化批判領域。其中楊黎日後又倡導觀念大於文字的「廢話詩」，成為當代中國先鋒詩壇的異數。而周倫佑從1980年代的解構式寫作到1990年代後的批判性紅色寫作，始終是先鋒詩歌的領頭羊，也幾乎是中國詩壇裡後現代主義的唯一倡導者。莽漢的萬夏（1962-）、胡冬（1962-）、李亞偉（1963-）、馬松（1963-）等無一不是天賦卓絕的詩歌天才，從寫作語言的意義上給當代中國詩壇提供了至為燦爛的景觀。其中萬夏與馬松醉心於詩意的生活，作品惜墨如金但以一當百；李亞偉則曾被譽為當代李白，文字瀟灑如行雲流水，在古往今來的遐想中妙筆生花，充滿了後現代的喜劇精神；胡冬1980年代末旅居國外後詩風更為逼仄險峻，為漢語詩的表達開拓出難以企及的遙遠疆域。以石光華（1958-）為首的整體主義還貢獻了才華橫溢的宋煒（1964-）及其胞兄宋渠（1963-），將古風與現代主義風尚

奇妙地糅合在一起。

　　毫不誇張地說，川籍（包括重慶）詩人在1980年代以來的中國詩壇佔據了半壁江山。在流派之外，優秀而獨立的詩人也從來沒有停止過開拓性的寫作。1980年代中後期，廖亦武（1958-）那些囈語加咆哮的長詩是美國垮掉派在中國的政治化變種，意在書寫國族歷史的寓言。蕭開愚（1960-）從1980年代中期起就開始創立自己沉鬱而又突兀的特異風格，以罕見的奇詭與艱澀來切入社會現實，始終走在中國當代詩的最前列。顯然，蕭開愚入選為2007年《南都週刊》評選的「新詩90年十大詩人」中唯一健在的後朦朧詩人，並不是偶然的。孫文波（1956-）則是1980年代開始寫作而在1990年代成果斐然的詩人，也是1990年代中期開始普遍的敘事化潮流中最為突出的詩人之一，將社會關懷融入到一種高度個人化的觀察與書寫中。還有1990年代的唐丹鴻（1965-），代表了女性詩人內心奇異的機器、武器及疼痛的肉體；而啞石（1966-）是1990年代末以來崛起的四川詩人，以重新組合的傳統修辭給當代漢語詩帶來了跌宕起伏的特有聲音。

　　1980年代的上海，出現了集結在詩刊《海上》、《大陸》下發表作品的「海上詩群」，包括以孟浪（1961-）、郁郁（1961-）、劉漫流（1962-）、默默（1964-）、京不特（1965-）等為主要骨幹的以倡導美學顛覆性及介入性寫作風格的群體，和以陳東東（1961-）、王寅（1962-）、陸憶敏（1962-）等為代表的較具學院派知性及純詩風格的群體，從不同的方向為當代漢語詩提供了精萃的文本。幾乎同時創立的

「撒嬌派」，主要成員有京不特、默默、孟浪等，致力於透過反諷和遊戲來消解主流話語的語言實驗，也頗具影響。無論從政治還是美學的意義上來看，孟浪的詩始終衝鋒在詩歌先鋒的最前沿，他發明了一種荒誕主義的戰鬥語調，有力地揭示了歷史喜劇的激情與狂想，在政治美學的方向上具有典範性意義。而陳東東的詩在1980年代深受超現實主義影響，到了1990年代之後則更開闊地納入了對歷史與社會的寓言式觀察，將耽美的幻想與險峻的現實嵌合在一起，鋪陳出一種新的夢境詩學。1980年代的上海還貢獻了以宋琳（1959-）等人為代表的城市詩，而宋琳在1990年代出國後更深入了內心的奇妙圖景，也始終保持著超拔的精神向度。1990年代後上海崛起的詩人中最引人注目的是復旦大學畢業後定居上海的韓博（黑龍江，1971-），他近年來的詩歌寫作奇妙地嫁接了古漢語的突兀與（後）現代漢語的自由，對漢語的表現力作了令人震驚的開拓。還有行事低調但詩藝精到的女詩人丁麗英（1966-），在枯澀與奇崛之間書寫了幻覺般的日常生活。

與上海鄰近的江南（特別是蘇杭）地區也出產了諸多才子型的詩人，如1980年代就開始活躍的蘇州詩人車前子（1963-）和1990年代之後形成獨特聲音的杭州詩人潘維（1964-）。車前子從早期的清麗風格轉化為最無畏和超前的語言實驗，而潘維則以現代主義的語言方式奇妙地改換了江南式婉約，其獨特的風格在以豪放為主要特質的中國當代詩壇幾乎是獨放異彩。而以明朗清新見長的蔡天新（1963-）雖身居杭州但足跡遍布五洲四海，詩意也帶有明顯的地中海風格。影響甚廣的于堅

（1954-）、韓東（1961-）和呂德安（1960-）曾都屬於1980年代以南京為中心的他們文學社，以各自的方式有力地推動了口語化與（反）抒情性的發展。

　　朦朧詩的最初源頭，中國最早的文學民刊《今天》雜誌，1970年代末在北京創刊，1980年代初被禁。「今天派」的主將們，幾乎都是土生土長的北京詩人。而1980年代中期以降，出自北京大學的詩人佔據了北京詩壇的主要地位。其中，1989年臥軌自盡的海子（1964-1989）可能是最為人所知的，海子的短詩尖銳、過敏，與其宏大抒情的長詩形成了鮮明對比。海子的北大同學和密友西川（1963-）則在1990年後日漸擺脫了早期的優美歌唱，躍入一種大規模反抒情的演說風格，帶來了某種大氣象。臧棣（1964-）從1990年代開始一直到新世紀不僅是北大詩歌的靈魂人物，也是中國當代詩極具創造力的頂尖詩人，推動了中國當代詩在第三代詩之後產生質的飛躍。臧棣的詩為漢語貢獻了至為精妙的陳述語式，以貌似知性的聲音扎進了感性的肺腑。出自北大的重要詩人還包括清平（1964-）、西渡（1967-）、周瓚（1968-）、姜濤（1970-）、席亞兵（1971-）、冷霜（1973-）、胡續冬（1974-）、陳均（1974-）、王敖（1976-）等。其中姜濤的詩示範了表面的「學院派」風格能夠抵達的反諷的精微，而胡續冬的詩則富於更顯見的誇張、調笑或情色意味，二人都將1990年代以來的敘事因素推向了另一個高度。胡續冬來自重慶（自然染上了川籍的特色），時有將喜劇化的方言土語（以及時興的網路語言或亞文化語言）混入詩歌語彙。也是來自重慶的詩人蔣浩

（1971-）在詩中召喚出語言的化境，將現實經驗與超現實圖景溶於一爐，標誌著當代詩所攀援的新的巔峰。同樣現居北京，來自內蒙古的秦曉宇（1974-），也是本世紀以來湧現的優秀詩人，詩作具有一種鑽石般精妙與凝練的罕見品質。原籍天津的馬驊（1972-2004）和原籍四川的馬雁（1979-2010），兩位幾乎在同齡時英年早逝的天才，恰好曾是北大在線新青年論壇的同事和好友。馬驊的晚期詩作抵達了世俗生活的純淨悠遠，在可知與不可知之間獲得了逍遙；而馬雁始終捕捉著個體對於世界的敏銳感知，並把這種感知轉化為表面上疏淡的述說。

　　當今活躍的「60後」和「70後」詩人還包括現居北京的莫非（1960-）、殷龍龍（1962-）、樹才（1965-）、藍藍（1967-）、侯馬（1967-）、周瑟瑟（1968-）、朱朱（1969）、安琪（1969-）、王艾（1971-）、成嬰（1971-）、呂約（1972-）、朵漁（1973-），河南的森子（1962-）、魔頭貝貝（1973-），黑龍江的潘洗塵（1964-）、桑克（1967-），山東的宇向（1970-）孫磊（1971-）夫婦和軒轅軾軻（1971-），安徽的余怒（1966-）和陳先發（1967-），江蘇的黃梵（1963-）、楊鍵（1967），浙江的池凌雲（1966-）、泉子（1973-），廣東的黃禮孩（1971-），海南的李少君（1967-），現居美國的明迪（1963-）等。森子的詩以極為寬闊的想像跨度來觀察和創造與眾不同的現實圖景，而桑克則將世界的每一個瞬間化為自我的冷峻冥想。同為抒情詩人，女詩人藍藍通過愛與疼痛之間的撕扯來體驗精神超越，王艾則一次又一次排練了戲劇的幻景，並奔波於表演與旁觀之間，而樹才

的詩從法國詩歌傳統中找到一種抒情化的抽象意味。較為獨特
的是軒轅軾軻，常常通過排比的氣勢與錯位的慣性展開一種喜
劇化、狂歡化的解構式語言。而這個名單似乎還可以無限延長
下去。

　　1989年的歷史事件曾給中國詩壇帶來相當程度的衝擊。在
此後的一段時期內，一大批詩人（主要是四川詩人，也有上海
等地的詩人）由於政治原因而入獄或遭到各種方式的囚禁，還
有一大批詩人流亡或旅居國外。1990年代的詩歌不再以青春的
反叛激情為表徵，抒情性中大量融入了敘述感，邁入了更加成
熟的「中年寫作」。從1980年代湧現的蕭開愚、歐陽江河、陳
東東、孫文波、西川等到1990年代崛起的臧棣、森子、桑克等
可以視為這一時期的代表。1990年代以來，儘管也有某些「流
派」問世，但「第三代詩」時期熱衷於拉幫結夥的激情已經
消退。更多的詩人致力於個體的獨立寫作，儘管無法命名或
標籤，卻成就斐然。1990年代末的「知識分子寫作」與「民間
寫作」的論戰雖然聲勢浩大，卻因為糾纏於眾多虛假命題而未
能激發出應有的文化衝擊力。2000年以來，儘管詩人們有不同
的寫作趨向，但森嚴的陣營壁壘漸漸消失。即使是「知識分子
寫作」的代表詩人，其實也在很大程度上以「民間寫作」所崇
尚的日常口語作為詩意言說的起點。從今天來看，1960年代出
生的「60後」詩人人數最為眾多，儼然佔據了當今中國詩壇的
中堅地位，而1970年代出生的「70後」詩人，如上文提到的韓
博、蔣浩等，在對於漢語可能性的拓展上，也為當代詩作出了
不凡的探索和貢獻。近年來，越來越多的「80後詩人」在前人

開闢的道路盡頭或途徑之外另闢蹊徑，也日漸成長為當代詩壇的重要力量。

　　中國當代詩人的寫作將漢語不斷推向極端和極致，以各異的嗓音發出了有關現實世界與經驗主體的精彩言說，讓我們聽到了千姿萬態、錯落有致的精神獨唱。作為叢書，《中國當代詩典》力圖呈現最精萃的中國當代詩人及其作品。第二輯在第一輯的基礎上收入了15位當代具有相當影響及在詩藝上有所開拓的詩人。由於1960年代出生的詩人在中國當代詩壇佔據的絕對多數，第二輯把較多的篇幅留給了這個世代。在選擇標準上，有多方面的具體考慮：首先是盡量收入尚未在台灣出過詩集的詩人。當然，在這15位詩人中，也有少數出過詩集，但仍有令人興奮的新作可以期待產生相當影響的。即便如此，第二輯仍割捨了多位本來應當入選的傑出詩人，留待日後推出。願《中國當代詩典》中傳來的特異聲音為台灣當代詩壇帶來新的快感或痛感。

目次

第一輯

第二輯

第三輯

第四輯

第五輯

第一輯

真

實

──獻給石漫灘75.8垮壩數十萬死難者

死人知道我們的謊言。在清晨
林間的鳥知道風。

果實知道大地之血的灌溉
哭聲知道高腳杯的體面。

喉嚨間的石頭意味著亡靈在場
喝下它！猛獸的車輪需要它的潤滑──

碾碎人，以及牙齒企圖說出的真實。
世界在盲人腦袋的裂口裡扭動

……黑暗從那裡來

2007北京

火車，火車

黃昏把白晝運走。車窗從首都
搖落到華北的沉沉暮色中

……從這裡，到這裡。

道路擊穿大地的白楊林
閃電，會跟隨著雷
但我們的嘴已裝上安全的消聲器。

火車越過田野，這頁刪掉粗重腳印的紙。
我們晃動。我們也不再用言詞
幫助低頭的羊群，磚窯的滾滾濃煙。

輪子慢慢滑進黑夜。從這裡
到這裡。頭頂不滅的星星
一直跟隨，這場墓地漫長的送行
在我們勇氣的狹窄鐵軌上延伸

火車。火車。離開報紙的新聞版
駛進鄉村木然的冷噤：

一個倒懸在夜空中
垂死之人的看。

2006.12，2007.9

緯四路口

整整一上午，他拎著鎬頭
在工地的一角揮舞

赤裸的脊背燃燒起陽光
汗珠反射肌膚和樹蔭深處的憤怒

整整一個上午，刨土聲平衡著
夏天與寒冷之間的沉悶敘述

更大的喊叫來自攪拌機，石頭和一部分
冷漠的聽覺在那裡破碎

我的注視是一陣劇痛：
他彎曲的身體，丈量臺階的捲尺

而此前，我恍惚看到一支大軍
行進在他粗壯脖頸和雙臂的力量中

一瞬間我以為身邊的樓群
是樹林，是鳥在黑暗裡……而

　　我的腦袋撞到想像力的邊界：整整一上午，他
像渺小的沙子，被慢慢埋進越來越深的地樁。

　　　　　　　　　　　　　2007.2鄭州・北京

我
的
筆

蘸滿骯髒的泥水，我的筆
有著直立的影子。一棵陡峭的樹
從那裡生長。我的筆

鑽進垃圾箱翻撿
彎下的身軀在紙上爬行。我的筆
要釘住大皮靴燃燒的腳印
那被活埋的東西，它挖掘。

它準備放棄天賦、流水賬
插進堅硬的石頭。石頭。
它記錄噩夢，記錄彎曲的影子
真誠是它的哨兵。我的筆

折回它的翅膀，向下鑽
直到岩層下的哀嚎握住它——
火和油。這是我想要的。

每一聲被稱之為詩的哭泣都想要的。

2007.9.20

永遠裡有……

永遠裡有幾場雨。一陣陣微風；
永遠裡有無助的悲苦，黃昏落日時
　　茫然的愣神；

有蘋果花在死者的墓地紛紛飄落；
有歌聲，有萬家燈火的淒涼；

有兩株麥穗，一朵雲

將它們放進你的蔚藍。

2006.3

從絕望開始

秋夜的蟲鳴溫暖我
它有一克重的幸福。

雲層中的月光照耀著
它有巴掌大的愛撫。

樹蔭低垂，覆蓋我以它
一立方釐米暗中的擁抱。

一秒鐘！傲慢的花崗岩朝我
挨近，說著祕密的火。

……而我堅持在人類的寒冷中
發抖。哆嗦。

2007.9.16

仿策蘭

你的嬰兒不是最後一個
喝它的黑色的人。「黑色的牛奶你們喝」
從它紅色印章的圓孔裡你們喝
你們喝它雪白的黑色

在你嬰兒的腎臟裡有一場黑色狙擊滿足著
急迫的渴──你們喝濃烈的蛋白質
你們的父親喝它滾滾的黑色淮河

免檢的權力大師來自這片甜蜜土地
你咯咯笑著的嬰兒含著乳頭
溫柔的母親喝黃金的添加劑
當這一切被允許通過她們悲慘的養育
滅絕一個種族

黑色牛奶在仔細地查找嬰兒的眼珠
黑色褐色的眼珠，發青的眼珠
它們因對世界完全的信賴而被鑷子夾緊
吱吱掉進瓷盤冰冷的潔白裡

2008.9

幾粒沙子

1

人們不會詢問淚水。他們傾向於帶來
平面的事物。在那上面有著被黑布覆蓋著的
鵝卵石麵包。

不幸不屬於大眾。那最個人的
仍然是一個吻在離開它熱愛的花朵時
滴下血,增添了世界的鮮豔。

2

報紙:人質。武器。死傷人數。
每個民族佔據一塊版面。

炸彈的碎片中有一隻活鳥
在和平國度黎明的窗外擊中一個詩人的昏迷

陽光照臨時的剎那撞到它眼睛裡的黑。

3

有時候我忽然不懂我的饅頭
我的米和書架上的灰塵。

我跪下。我的自大彎曲。

4

樹葉飄落。豆子被收割。
泥土在拖拉機的犁頭後面醒來。

它們放出河流和風在新的曠野上。

5

我們自身的腳鐐成就我們的自由
借助痛楚那時間的鐵錘。

6

所有擲向他人的石塊都落到我們自己的頭頂。

乾渴的人，我的杯子是你的
你更早地給了我有源頭的水。

7

幸福的篩子不漏下一顆微塵。
不漏下歎息、星光、廚房的炊煙
也不漏下鄰居的爭吵、廢紙、無用的茫然。

除了一個又一個
清晨。黃昏。

8

哦，命運，我在你給我的絞索上抓住了多少
　　可免於一死的珍寶！

2004

反抗

忍冬花開放，野草生長

風要吹拂，大地隆起成為群山

…………

這其中的殊死搏鬥。

詩人啊！茫茫宇宙教會我這樣理解：

當人們說起一切鐵條和鎖鏈──

2006.10.23

地震後遺症……

碩大的蝙蝠突然飛臨
在我驚恐的臉上！

樓房晃動，廚房的地板猛然陷落
一把鏟子驚叫著拋到空中
蝙蝠的翅膀從一個安靜的肩頭掠過……

在他雙臂沉默的安撫裡
我緊盯孩子們上學的班車
那條再也不會筆直的道路盡頭
是乾淨的校園，一朵、兩朵
雛菊搖晃。啊！……蝙蝠翻飛的陰影
在召集著死亡：

那一座座灰色的大樓棺材
每天都在可怖的陽光下搖晃
──要把人活埋！

2008.6.29

礦工

一切過於耀眼的，都源於黑暗。

井口邊你羞澀的笑潔淨、克制
你禮貌，手躲開我從都市帶來的寒冷。

藏滿煤屑的指甲，額頭上的灰塵
你的黑減弱了黑的幽暗；

作為剩餘，你卻發出真正的光芒
在命運升降不停的罐籠和潮濕的掌子麵

鋼索嗡嗡地繃緊了。我猜測
你匍匐的身體像地下水正流過黑暗的河床……

此時，是我悲哀於從沒有撲進你的視線
在詞語的廢墟和熄滅礦燈的紙頁間，是我

既沒有觸碰到麥穗的綠色火焰
也無法把一座矸石山安置在沉沉筆尖。

2004春，河南鶴壁煤礦

紀念馬長風 ①

……從列車的搖晃中醒來。酷熱
汗味和昏黃的信號燈
運送著車廂裡的人，在通往
死亡的路途中。沒有人想到這一點。

起身，在車廂的連接處
手指間的火光忽明忽暗，一個老人
坐在黑暗裡，默不作聲。
鐵輪隆隆碾過長江大橋
波浪在他臉上閃閃掠過——

被一個故事講述？他
老右派，倒楣的一生
可曾有人愛過他？當他年輕的時候
走過田埂，頭髮被風吹起來了
漂亮的黑浪翻滾，和我們的一樣

但拳頭和皮帶像一場風暴
把他覆蓋。雪停了，四周多麼安靜
壓住肋骨斷裂處的呻吟。
「他們用腳踩我的臉。」他平靜地說。

我沒有看到仇恨。在黑暗中
他似乎忘了這一切。淒涼的笑
從脫落了牙齒的豁口溫柔溢出

現在，那趟列車終於趕上了我
十五歲，工廠女工
和三位厄運的客人一起
趕赴記憶的宴席。
楊稼生，張黑吞
我面前的座位已經空了……

他喜歡抽煙，很凶
直到命運把他燃燒成一撮灰燼。
——「您能不能少抽點？」

衣裳從手裡掉到地板上
我對著滴答的水龍頭喃喃說……

2004.8

注：

①馬長風，河南葉縣人，上世紀40年代開始寫詩；50年
　代初被打成「胡風集團反革命分子」，2004年去世。

即景詩

……記下月份。陰天
濕漉漉的霓虹燈。——來吧。

你說。廣場上沒有人，像是
曠野。這裡的紫雲英剛剛開花

死亡城市的胭脂。路邊有人在賣口罩
自行車後座上是遏制瘟疫的草藥。

計程車司機臉色陰沉，計程表
停止了跳動。這依舊是可怕的四月

電話聽筒裡駛出一列火車，帶著
生命所必需的：我在這裡，跟你在一起。

村莊埋下了道德的柵欄。紀念碑
在會議桌上矗立。棺柩悄悄運進了城。

手指絕望地敲打著鍵盤，白天的悲哀
流向每一條街道。一個咯咯笑著的

小姑娘更像一陣風刮過這座都市
猶如生命頑皮地追逐著永恆。

2002，非典期間　2005改定

鞋匠之死 ①

那時他放下糞桶，在徐營村頭

傍晚。一個鞋匠為兄弟

幹著他的手藝活

木楦子變得沉悶

黑色泥濘，從腳趾縫裡向悲哀打開

熟悉的貧困朝筆尖討債。

雨越下越大。破窗櫺上的紙

瑟瑟作響，風劈開他和省城會議桌上的縫隙。

在寒冷中變綠，蘿蔔地的田埂

印上了趔趄的腳印。

再也沒有牛被他買去，拴在課桌腿上。

他只想笑，也這麼

做了。墨水瓶底還有一層結冰的洋油

燈芯靜靜地燒。補丁蓋不住暴力的

裂口。錘頭。他縫著雨和黑暗，為了

無人繼承的遺產：砧子上

一根釘子將痛苦深深地

砸進他的腦袋。

只有被遺棄的鞋知道——徐玉諾，

河南詩人，死於1958年。

赤腳，帶著瘋子的綽號和將來之花園

向丘陵和平原逶迤而去，身後

　　是跟隨他的群山。

2005.2

注：

①現代詩人徐玉諾（1894-1958）寫有《問鞋匠》一詩
　和小說《一隻破鞋》。徐系文學研究會成員，魯迅、葉
　聖陶等極為欣賞其作品。其代表作為詩集《將來之花
　園》。

教育

唉，分數！作業！
孩子們跟在磨房的驢子後打轉

而被蒙上眼睛的我，怒氣沖沖
揮舞著皮鞭

——請你們理解，在這片土地上
數不清家庭的母親和孩子
也是這樣被鞭子驅趕著
湧向通往瘋人院的大門

而在那遙遠的貧困角落
沒有書包的孩子的母親一邊哭泣，一邊
羨慕著這可怖的命運！

2006.3鄭州矗莊

愛滋病村

微風把村外茂密的野葦吹得瑟瑟作響。越過
一道的土崗，微風把麻雀的翅膀吹得
瑟瑟作響。微風繞過
空蕩蕩的牛欄和豬圈，在打麥場
旋起一股輕塵。掛在屋簷下一隻乾癟的小鞋子
在風中孤零零地搖晃。
不知誰家長滿荒草的牆頭
飄來一陣槐花的芬芳⋯⋯

這樣的村莊沒有四季，沒有晝夜
也沒有別的動靜。只有歡喜的微風
把墳頭破碎的紙幡吹得
　　瑟瑟作響⋯⋯

2005・豫東

未完成的途中

……午夜。一行字呼嘯著
衝出黑暗的隧道。幽藍的信號燈
閃過。一列拖著臍帶的火車
穿越橋樑，枕木下
我凹陷的前胸不斷震顫。它緊抵
俯身降落的天空，碾平，伸展
──你知道，我

總是這樣，搖晃著
在深夜起身，喝口水
坐下。信。電話線中嗡嗡的雪原。躺在
鍵盤上被自己的雙手運走。翻山越嶺
從水杉的尖頂上沉沉掃過，枝條
劃破饑渴的臉。或者，貼著地面
冰碴掛上眉毛，你知道，有時

我走在緯四路的棟樹下，提著青菜
推門，彷彿看到你的背影，孩子們快樂尖叫
衝過來抱著我的腿。雨從玻璃上滴落。
屋子晃動起來，輪子無聲地滑行
拖著傍晚的炊煙。那時，市聲壓低了

樓下的釘鞋匠，取出含在嘴裡的釘子
掄起鐵錘，狠狠地楔進生活的鞋底，毫不
猶豫。這些拾荒的人
拉著破爛的架子車，藏起撿到的分幣
粗大的骨節從未被摧毀。你知道，端午時節

蒿草濃烈的香氣中，我們停靠的地方
布穀鳥從深夜一直叫到天亮，在遠處的林子裡
躲在樹蔭下面。你睫毛長長的眼睛
閉著。手邊是放涼的水杯和灰燼的餘煙。站在窗前，
我想：我愛這個世界。在那
裂開的縫隙裡，我有過機會。
它緩緩駛來，拐了彎……

我總是這樣。盯著螢屏，長久地
一行字跳出黑暗。黝黝的田野。礦燈飛快地向後
丘陵。水塘。夜晚從我的四肢碾過。
淒涼。單調。永不絕望
你知道，此時我低垂的額頭亮起
一顆星：端著米缽。搖動鐵輪的手臂

被活塞催起──火苗竄上來。一扇窗口
飄著晾曬的嬰兒尿布，慢慢升高了⋯⋯

釘子

一

我願意走在你的後面，以便與你同享墓塚。
那裡的野草呼喚著四季，並從落葉上憐憫地收留我。

二

如此安靜，聚集起整個天空的閃電。
靜默的瓦松知道——我的本質屋頂上的避雷針。

三

佩戴梔子花的人過去了。人消逝，梔子花一朵朵在
　　茶杯上燃燒。

四

生活，有多少次我被驅趕進一個句號！

五

一個中年莊稼漢的褲腳下升起了炊煙。
微風來了，最高的塔被吹成平地。

六

火石。這黑暗中不停冒煙的詞。

七

寒風吹著光禿禿的樹枝。
路燈把我變成幽靈。孩子的笑聲沉重地蓋住我的臉。
牆角旋起紙屑。
我抓住它們，緊緊地──瘋狂可以是這樣平靜。
世界在孩子的笑聲中飄浮起來。打著旋。

八

自豪於自由的枷鎖可以如此堅定地對我的自由進行
　　囚禁。
在那廣袤原野裡放生了自由本身的無限。

九

還能走到哪裡？
我的字一步一步拖著我的床和我的碗。

十

打開這本書，它的高速公路試管裡淌出的墨漬。
挖掘機履帶的印刷體，土地在它日益擴大的噪叫前
　　　後退。

在它輝煌的筆桿下我們挖出我們的眼，鏟斷我們
　　　的手
當昨天消失。

十一

卑賤者不被允許進入文字。
劊子手來了，揮舞著筆在你們的沉默前哆嗦。

噩夢跟著他。

十二

願你活著。永遠活著。

──個人對仇敵的祝福。

十三

有時，一聲遙遠的哭泣，一個孤單離去的背影拋出
　　繩索
從深淵救出我。

我認出那張我曾無情擊打過的臉。

十四

深夜，一列細小的花朵窸窸窣窣在爬樹，沿著青色
　　的枝條──
當人們進入悲慘的夢寐。

十五

我的忠貞的根深紮在背叛你的泥土中。
多麼冷酷啊！

你知道，我愛你。

你生下我。

十六

我的毫無用處：
以它的一磚一瓦造出大海，並在它的快樂上面升起
　　我小屋的帆。

2005

第二輯

一切的理由

我的唇最終要從人的關係那早年的
蜂巢深處被餵到一滴蜜。

不會是從花朵。
也不會是星空。

假如它們不像我的親人
它們也不會像我。

擁有很少東西的人

螽斯和蟋蟀

綠衣歌手和黑袍牧師

在夏夜的豌豆叢中

耳語，小聲呢噥

「這些，」一個人凝神傾聽

「——寧靜的泉水多麼溫柔地填平了

　　我那悲慘命運的深坑——」

短句

已經晚了。在我
迷路之前。

我喜歡這個——
瘋狂。這最安靜的。

可以拖著你所經歷的來愛我但恐懼於
　　用它認識我。

我將是你獲得世界的一種方式：
每樣事物都不同因而是
　　同一種。

無題

我不愛外衣而愛肉體。
或者：我愛靈魂的棉布肩窩。
寧靜於心臟突突的跳動。

二者我都要：光芒和火焰。
我的愛既溫順又傲慢。

但在這裡：言詞逃遁了，沿著
外衣和肉體。

我是別的事物

我是我的花朵的果實。

我是我的春夏後的霜雪。

我是衰老的婦人和她昔日青春
　　全部的美麗。

我是別的事物。

我是我曾讀過的書

靠過的牆壁　筆和梳子。

是母親的乳房和嬰兒的小嘴。

是一場風暴後腐爛的樹葉

——黑色的泥土。

一般定律

緊張在清晨的一個懶腰中。
在拖鞋、吃飯和聊天的
粉紅戰壕裡。

其餘的是瘋狂。

你所知道最緊張的
已經鬆弛了。

懇
求

……請對我說：你還記得嗎？

請再說一遍：——你記得嗎？

我聽著，聽著你

——是的。是的！

我就是這樣來的。作為一個人。

還有——你也是。以及

　你們。我們

壁虎

它並不相信誰。

也不比別的事物更壞。

當危險來臨

它斷掉身體的一部分。

它驚奇於沒有疼痛的

遺忘──人類那又一次

新長出的尾巴

一穗谷

每種事物裡都有一眼深井。

一穗谷，你的井豎在半空中。

它幽暗，使四周的光
　　圍攏。（那裡，一個宇宙
魚群在水底穿梭　　鳥兒
　　落在枝頭）

你的葉柄下有一口泉水
在星辰和星辰間走動。

而你包裹漫漫長夜的果實
　　在光輝中成熟。

——我朝下傾聽，一穗谷
泥土深處整座森林
　　風聲的轟鳴——。

影子

在一座深秋的樹林裡
我和一棵紫楝樹向前奔走
和整座樹林　低矮的灌木叢
一條從容彎曲的水溝
我和厚厚的樹葉迅速移動
拖著長長的影子——

不能想像沒有陰影的事物
一座房屋有它背陰處灰色的
面孔。一張紙有薄而光滑的
脊骨。字，它的影子
　　——相反的詞。
在令人放心的陰影處

有存在　那最安全的保證
是肉眼可見的世界的完整
　　——既不在全然的黑暗
也不在全然的可怖的光中——。

虛無

虛無，最大的在之歌

從它而來的萬物在歡唱——
冉冉升起的朝陽多麼輝煌！

孩子們伸手就會摸到蘋果
圓滿彤紅地掛在碧綠的樹上。

還有愛情——嘴唇渴望著嘴唇
灰燼中閃著一點發燙的火光。

白髮蒼蒼的老人渡過童年
在積木搭成的樂園旁。

是的，一切都將歸於虛無
而在之美夢與它一樣久長。

一件事情

關掉燈。

我　摸著桌子

在黑暗中

我要坦白

一件事情。交待

它的經過。

——這個世界對我的失望。

現在它

紮在我的肉體裡。

就像從前

它的信任　愛

留在我的肉體裡。

請允許我說

讓失望吐出它的血塊——

在黑暗中

謝謝黑暗的傾聽

謝謝深夜　我四周的

牆壁　桌椅和憐憫

雖然你們沉默

你們無所不知──

變
化

光線改變了物體
猶如你改變了我
此刻，出現了陰影、曲線
而從前我並不知道

這些我的影子！我
運動的面孔
流星、草葉和石上的青苔
眾多親眷　繫在
我身上的細線——
你的愛與它們相等
你明瞭這些——
我　世界的幸福與不幸
一顆砝碼　與一架天平

一

瞥

彷彿鄉間的晨霧
遠處淡紫色的
　　　你肩胛上的光輝
因為太近——令人頭暈的

香氣彌漫：這暴露在世界暗處的
　　　祕密一閃
它令人感激與此有關的
月夜、大街、菜市場的喧鬧
以及所有生活中的煩惱。

肉體的橋

幻想之後，人啊

你將什麼也無法創造

你將看到一個人的思索

寧靜和光芒就是影子的生活

在奇跡尚未發生之前

楊樹就是楊樹

就是秋天光禿禿直立的詞語

因為幻想它有肉體的橋

　　　溫暖，而且它的歌聲的筆

造出柔軟的嘴唇

它只是微笑：當它面對

人類全部的忙碌與喧囂

憂

鬱

一只接雨的灰瓦盆

被押往深夜

滴嗒。滴嗒。

水珠輕輕敲響喪鐘

淺綠。透明。

瓦盆走著，一刻不停。

現實

沒有白天，沒有黑夜。
沒有善。也沒有惡。
一群人在受苦。
僅此而已。

沒有絕對的詞。
這些風吹散的薄紙的灰燼。

一群人在受苦。
就是這些。

永不休耕的土地裡
只有一個女人挎著光輝的籃子
默默播撒種籽。

或　從一座森林中會長出
　　　另一座森林。彷彿
許　嘲諷——然而不。
　　　我品嘗到其中的淚水。
　　　或許，它們生長的方向
　　　並不相悖。

　　　一場談話中會有另一場
　　　祕密的傾訴。彷彿
　　　潛流——那壓抑的哭泣。
　　　我看到窗外七月的烈日
　　　而世界不會超出這扇窗口。

　　　那麼，一切都好。
　　　此刻，現在——彷彿
　　　一個假日進入我的生命。
　　　輕柔的詞語從石頭深處默默
　　　傳遞——然而沉重也在。
　　　不語的絕望
　　　也在。我聽到笑聲中黯然的

悲哀。我可憐的軀體
霧一般四處飄散。

既然一種秩序中會有另一種秩序
那麼，還會有更多
──這個我懂。讓我寫下這首悼詩
或許，在某個苦澀的瞬間我已度完
另一次甜蜜人生。或許
罪　寬恕和沉默都是
愛。

第三輯

樸素

「樸素的生活難以企及。」

樸素的生活過於昂貴

你須學會放棄

連同可理解的野心

它抹去雲霧

只留下一滴水珠

樸素的富礦裡

露出半截清貧的鐝頭

拂曉

……雞叫。爾後
門吱呀地開了。

扁擔勾碰在鐵桶上
——叮噹一聲。

其餘的還在沉睡——
柳樹。泛著城花的牆頭。
黑幽幽的木格窗戶。

什麼時候來的呢？她們——
看麥娘草葉上閃閃發亮的露珠
一隻甲蟲爬上高高的蒿頂。
在它鮮紅的翅膀下
是灰霧濛濛的大地
未醒來的愛情那憂愁的夢。

——從遠處地平線低低吹來
　含著鹹味的晨風

歇
晌

午間。村莊慢慢沉入
　　明亮的深夜。

穿堂風掠過歇晌漢子的脊樑
躺在炕席上的母親奶著孩子
芬芳的身體與大地平行。

知了叫著。驢子在槽頭
甩動尾巴驅趕蚊蠅。

絲瓜架下，一群雛雞臥在陰影裡
間或骨碌著金色的眼珠。

這一切細小的響動──
　　──世界深沉的寂靜。

只有……

只有夜晚屬於夢想。

只有寂靜的青楊林

槽頭反芻的牲口

只有正午蜜蜂嗡嗡的飛舞——

泉水的傾聽。火中的凝眸。

只有一個人輕輕腳步的風暴。

粗糙的樹幹將別離掩入

　　　懷中——

只有風鼓起窗幔……

只有稿紙靜靜的水底

沉睡著萬物連綿的群山——

正午

正午的藍色陽光下
豎起一片槐樹小小的陰影

土路上，老牛低頭踩著碎步
金黃的夏天從胯間鑽入麥叢

小和慢，比快還快
比完整更完整──

蝶翅在苜蓿地中一閃
微風使群山猛烈地晃動

立秋

午後。四周變暗。
彷彿劇院裡沉沉大幕前的燈光。
牆角溜來突然的一陣風
把行人吹進秋天的街頭。

雲彩拖著陰影
掠過推鐵環少年的頭頂。

……再見，空蕩蕩的田野
　　耕完地的趕牛人。
永別了！青春——
灌木叢還在繼續著你燃燒的眼神。
從你唇邊流淌出蜜一樣的歌聲
在混濁的河水中漸漸平靜。

秋天那灰濛濛的遠方彷彿
　　寺廟的屋頂
在低垂的柳樹間我瞥見
一個顫抖在往事中的幽靈。

祈
禱

那一片森林，叢林唇邊的酢漿草地
那葉片細小的毛孔
發綠的想像力的肺葉
呼吸著生活　夜行馬車的詩行
她飛翔，停留
合著四季的節奏
使河流的血液浸藍黎明並
牽動一個村莊纖長炊煙的神經

在那裡，一片叢林　草地
（呵，泥土星辰，花兒和露珠！）
孤零零每棵苦艾濃烈的氣息
是將要死於心碎的人們

此時此刻的早晨——

黃昏

黃昏，我聽到它祕密的窸窣。
——這裡曾發生過什麼？

一片年輕的楸樹林走向夜晚
風拖長影子在枝幹間滑過。
在它幽暗的深處
傳來一棵雁腸草年邁的
　嘆息。

我輕輕停步——傾聽
　腳下的大地沉默無聲。

母親

一個和無數個。
但在偶然的奇跡中變成我。

嬰兒吮吸著乳汁。
我的唇嘗過花楸樹金黃的蜂蜜
伏牛山流淌的清泉。
很久以前

我躺在麥垛的懷中
愛情──從永生的薺菜花到
一盞螢火蟲的燈。

而女兒開始蹣跚學步
試著彎腰撿起大地第一封
落葉的情書。

一個和無數個。
──請繼續彈奏──

生活

激情揪住了我的衣領
——暈眩！我被騰空拋在詞語那
香噴噴發酵的草垛中

那一切是多麼不同！

即使今天，我已衰老
湊向記憶的微光中細心縫綴
　　　每一截詩句
直到它們變得沉重——
安靜——因為親吻而在唇上
　　　沉默的歌聲

給孩子

孩子光明的臉

在沉睡中

並不依賴陽光

她乾淨的身體奔跑

發出溪水般清澈的笑聲

我們看著　像驚奇於非塵世的事物

我們太多黑暗的眼睛

無法看到孩子的祕密

太多的哭泣　石頭般的身體

——我怎麼是她的母親？

讓我們的苦難繼續做夢吧

——我遠遠地愛她

悲傷　欣慰

為孩子　也為自己

遺失

一個人遺失在信中。書中。
遺失在手離開後的灰塵裡
以及椅子　燈光後
被用過的感情的輭具
以及列車呼嘯而過的陰影——

他有著樹葉和雲彩的形狀
在他的腳印裡
有著積水映出的四季的形狀

有時，某人會帶著他　在
沉重發炎的膝關節裡——
走向郊外　舊鐵軌旁
在一叢被壓倒的野蒿上
與另一個他相遇——

一個人遺失在被他遺失的
　　一切事物中。

風

風從他身體裡吹走一些東西。

木橋。雀舌草葉上露珠礦燈的夜晚
一隻手臂　臉　以及眼眶中
蒲公英花蕊的森林。
吹走他身體裡的峽谷。
一座空房子。和多年留在
牆壁上沉默的聲音。

風吹走他的內臟　親人的地平線。
風把他一點點掏空。
他變成沙粒　一堆粉末
　風使他永遠活下去——

關於風景

一列飛馳的山峰。一片奔跑起來的
椴樹林。田野。田野
這一片風景被詞語抬起
上升。而「水果」
高懸在半空中。

那不是真的。一個奇異的夢
在河流和草叢上飛翔
被我的墨水染綠──這
模糊的語言的唇齒卻接觸到
給予了我全部生活的大地上

一粒紅漿果的滋味。

雨後

泥蛙在歌唱　雨後的
濕地裡　水邊和草葉下
雨滴和生命的情歌
簡單。歡樂。
它唱
　　讓人變小。
　　天空變高。

還有七月的半鐘蔓
爬上了土牆。粉紅的撫子花
輕輕搖晃：
　　我停下腳步

世界在動。
去死　或者生。

螢火蟲

我的眼睛保住了多少
　　螢火蟲小小的光芒！
那些秋天的夜晚
螢火蟲保住了多少
　　星空、天籟、稻田的芳香！

清涼的風吹進樹陰
輕輕抱起活過的戀人
山楂樹低垂的果實下
　　那互相靠近的肩膀

綠熒熒的小蟲游絲一樣織進
　　山林、村落、溪水的流淌
愛啊，溫柔的親娘
保住了多少往事和嘆息
眾多細小的生命
保全了我幸福而憂傷的一生……

大河村遺址

又一個大河村。
烏鴉在高高的楊樹上靜臥著
成群的麻雀飛過曬穀場
翅膀沾滿金黃的麥芒
它們認出我。

微風還在幾年前吹過
沒有歲月之隔
我難道是另一個？

黃昏，長長的樹影投向沙丘
又到了燃生炊火的時候
熟識的村民扛著鐵鍬
走在田埂上
牛馱著大捆的青草
像從前一樣。我閃到一旁——

沒有歲月之隔
只有大河村，這一動不動的
滔滔長河。

令人心顫的一陣風

令人心顫的一陣風
令人心顫的另一陣風
從村莊掠過。
為什麼只有樹葉和麻雀
　　只有我被風吹動？
像一束光
照亮了屋頂和瓦松
照亮了我？

據說每個人都有心靈
但是，風呵
有誰聽見並複述出
你敞開祕密的恩賜的佈道？

在小店

去年的村莊。去年的小店
槐花落得晚了。
林子深處，灰斑鳩叫著
斷斷續續的憂傷
一個肉體的憂傷，在去年
泛著白花花悲哀的鹽鹼地上
在小店。

一個肉體的憂傷
在樹蔭下，陽光亮晃晃地
照到今年。槐花在沙裡醒來
它爬樹，帶著窮孩子的小嘴
牛鈴鐺　季節的回聲
灰斑鳩又叫了——

心疼的地方。在小店
離開的地方。在去年

在我的村莊

在我的村莊，日子過得很快
一群鳥剛飛走
另一群又飛來
風告訴頭巾：
夏天就要來了。

夏天就要來了。晌午
兩隻鵪鶉追逐著
鑽入草棵
看麥娘草在田頭
守望五月孕穗的小麥
如果有誰停下來看看這些
那就是對我的疼愛

在我的村莊
燭光會為夜歌留著窗戶
你可以去
因那昏暗裡薔薇的香氣
因那河水
在月光下一整夜
淙潺不息

春夜

春夜，我就要是一堆金黃的草。
在鐵路旁的場院
就要是熟睡的小蟲的窠
還沒離開過，我還沒有愛過。

但在茫茫平原上
列車飛快地奔馳，汽笛聲聲
一片片遙遠的嘴唇發出
紫色的低吟　它唱著往事。

唱著路過的村莊
黑黝黝樹林上空的紅月亮
恍然睡去的旅人隨著車輪晃動
這一壟清翠的莊稼在深夜飛奔！

它向前飛逝。我就要成為
夜裡寫下的字。就要
被留在空蕩蕩的鐵軌旁
觸到死亡的寒冷。
還沒醒來過，我還沒有呼救過。

野葵花

野葵花到了秋天就要被
砍下頭顱。
打她身邊走過的人會突然
回來。天色已近黃昏，
她的臉，隨夕陽化為
金色的煙塵，
連同整個無邊無際的夏天。

穿越誰？穿越蕎麥花的天邊？
為憂傷所掩蓋的舊事，我
替誰又死了一次？

不真實的野葵花。不真實的
歌聲。
扎疼我胸膛的秋風的毒刺。

歌手

要趕路的夜行馬車你拐彎吧
拉上最重的一捆黃穀你走吧
一生的時間對於我
還不夠。　倒映在水面的星星
不是星星。曾活過的人
都已化為塵土。
我的祈禱——還不夠

但我有過悠閒的時刻。在十月
看見幾隻麻雀掠過屋頂
撩起撲嚕嚕的響聲
我能長出豐美的翅膀
　追上她們飛
我能開花，金黃或者鮮紅
一直到第一場大雪降臨
我看到了誰　誰就是我的：
水晶、一頭花奶牛、紅色的柿樹
突然奔跑起來的一列山峰

會哭的事物才會活下去
我　或者任何一陣夜雨

嗚咽的林濤、水聲

升起到一個故鄉　又

沉入光中

像綿綿不絕的山谷裡的回音

再沒什麼可以丟失　再沒什麼

　可以被奪走

第四輯

風中的栗樹

讓我活著遇到你
這足夠了。

風中的栗樹
我那寒冷北方的栗樹
被銀色的月光照亮過。
我多麼想說出我所知道的
村莊的名字、打穀場
睡杜鵑和只活一個夏天的甲蟲
我知道我會哭它們
一年又一年地脫離它們
在林中空地我踩著一個邊
夢見它們。
忘了這些，我就會驀然
　　熄滅。

我多麼想對人說一說栗樹的孤單
多想讓人知道
我要你把我活著帶出
　　時間的深淵

柿樹

下午。鄭州商業區喧鬧的大道。

汽車。人流。排長隊人們的爭吵。

警察和小販們爭著什麼。

電影院的欄杆旁

——親愛的，這兒有棵柿樹

有五顆微紅的果實。

灰色的天空和人群頭頂

五顆紅柿子在樹枝上——

親愛的，它是

這座城市的人性。

談論人生

他好像在講一本什麼書。
他談論著一些人的命運。

我盯著他破舊的圓領衫出神。
我聽見窗外樹葉的沙沙聲。

我聽見他前年、去年的輕輕嗓音。
我看見窗外迅速變幻的天空。

不知何時辦公室裡暗下來。
他也沉默了很久很久。

四周多麼寧靜。
窗外傳來樹葉的沙沙聲。

愛我吧……

——愛我吧，親愛的
想起我吧
慢慢地，在你與命運的遭遇處
你被每天的死亡抱緊的時候

……我從未離開過你！

——這是件幸福的事情：
更加愛我吧，喊出我的名字
想起我的聲音以及
　　使生活成為今天的一切
直到微笑在臉上刮起風——

這顆幸福的沙粒使你
　　淚眼模糊……

你說

你說要走——好吧，
這就是說：你已不在。

那麼，我是誰？

你被時間的逆流搬回源頭
而蒼白唇間往事的兩岸
言語將我緩緩放下，在那兒
——記憶的灰燼在飛散。

那麼，我是誰？

危險

很可能，我是你所期望的——
一株最綠的薄荷草，非修辭的美麗
你夢中彎彎吹著的風
我是你手指的模樣　　額頭的明亮
你早晨的氣息　　　　眼神
溫和地含著憂傷

但這裡埋伏著——
心跳停頓的空白　　呻吟
失望　秋天那顆粒無收的穀倉
我是你變涼的指尖　　一個零
——沒有餘數　也沒有「沒有」

我不是我的賓語，一個可疑的人
我是你，親愛的——
你的乾旱　　暴雨
你的世親與宿敵

盲者

看，就是觸摸。
手指下造物的一顆心臟的跳動
就是嘴唇從泥土中升起
然後說——

就是增殖的一片國土漫出瞳孔
又朝向它自己圍攏。
就是愛向愛本身致意
比它更大
　　更廣闊——

這些我知道。

然而我什麼都不知道——親愛的
當我再也看不到
一個宇宙存在於其中的
　　你的眼睛

驚

你睡著
做夢　奔跑
星星在天空而大海在漲潮

所有的只是一件事
你做夢　奔跑
也許這是真的
我注視著你微微顫動的睫毛

你的手告訴我我正在成為的東西：
　　　女人。
不是花
也不是匿名的詩篇
——這也是真的？
當你幫助一個女人分娩自己
我從前居然不知道
她從未出生
如此漫長地等待你今夜的口令——

你不在這裡……

你不在這裡。你將替代我的軀體

一個溫暖的鴿窩

在激動又寂寞的皮膚下翻滾

你不在這首詩中。

一筆一畫過於寒冷

你會答應，當我的胸腹和嘴唇輕輕懇求

你會記得她們的嗓音——

　　　你可愛的名字

四周的星空曾圍攏過來

俯身看到她們濕漉漉的誕生

此刻我就坐在這裡　從你的眼睛裡

呈現　發育

與萬物一道起伏呼吸

這是世界的而不是文字的理由：

我願和你赤裸地睡在一起

就是這個——

我要這個——

關於軀體

讚美──然後再哭！

從什麼時候　什麼地方
我俯身向你　窗簾低垂
　　　而我掩面落淚

……沒有一首詩、沒有
哪個屋頂能將你庇護
──你不是肉體的山谷
不是人們形容的
　　　河流的脊背　積雪的肩頭
不是有著燒焦詩句的腕肘──

我茫然　更
　　　無從接受

沉默。無辜。你的脆弱
　　　完全暴露──
腰　淡青的血管　腳趾
膝蓋　腿骨　溫暖的胳膊
光陰的壓榨下你孤立無助

　　──一座牢獄

　　語法中的黑洞

　　然而……大地分明進入其中

　　你有著穀物隱遁的道路

　　森林的陰影　陽光的遺跡

　　與草木共用的氣息

　　在死亡工作的口令中

　　你有著話語的悲傷和甜蜜──

　　……喃喃讚美──

　　我向你的每一寸肌膚

　　　　悄聲低泣──

你的山林

你的山林。此刻我
作為遺屬，它是我的。
我的——灌木叢長睫下的陰影

泉水沿著青皮椴向天空噴湧。
悲愁的紅暈染上杜鵑花簇。
「你不開口，但我仍能聽到它。」
我平靜地說。

風把峽谷拉長。
這瞬間的激流中我來不及
　　抓住你的手
　　——一陣夜雨驟然落下
馬尾松顫抖著嗚咽的肩膀

隨後無邊的沉默中
你把自己的臉
從這一切中
　　悄悄移走——

現在

我寫字的手　擱在地板上的腳
離陽臺一步遠。
我是說：現在。已是秋天。

我給你寫信。我說：現在。

這現在我從沒有得到。
親愛的，從沒有。

內營力

但在今天我的地質學作業中

那片清晨的鄉野

那隱藏著玉米、秋蟲祝福的田壘

我們曾坐過的草地

已經上升──

　　　在這顆人類居住的星球上

比珠穆朗瑪高出一個

　　　愛情的

　　　　　頭頂。

夏日

在我黑色瞳孔的中心
陽光從七月的燈上燃出藍色火苗
天空和大地，一個收緊的彎道
事物的穿堂風使夏天的綢緞燃燒
我看到水中　最低的地方
蓮花筆直地升起火把
懷著黑暗燈芯的祕密
而一隊紅蟻將炭塊從地洞
運到田壟

我看到著了火的一切
綠葉尖端的顫抖　蒼白的面容
窗簾後出冷汗的手
我的眼瞼從深夜帶來一團青暈──

萬物的愛情火災蔓延到我的腳踝
卻猶如一陣清涼的
　　微風──

我已慢慢習慣了……

我已經慢慢習慣了
沒有你的生活，在長久、長久的
　　分離之後

習慣了你不在那片草地，不在
那棵有綠蔭的樹下把我抱在懷中
習慣了你窗口厚厚的塵土

習慣了我們並肩走過的路
沒有你的腳步響起，沒有
你含著歡樂的嗓音，也沒有
清涼的星光默默地照在天空

我每天獨自匆匆回家，習慣了
那片草地一年年黃了又綠的執拗
習慣了樹葉的哭泣，窗口的哀號

習慣了那條路在腳下突然的抽搐和
月光那永遠、永遠的照耀……

睡夢，睡夢……

我鬆開的手把你握緊
關上門以便你的穿越。

我身體裡的寂靜
你早已得到。

我恐懼……在彼此的凝視裡
變形　　縮小。

學習：那美和情欲的

那美和情欲的——
目光曖昧的輕觸：槐樹林的脖頸，一片
被蟲子咬了缺口的葉子（大腿上
　　甜蜜的痣）　　以及
幾隻麻雀在冬天潔白胸脯上
　　寂寥的叫聲

那美和情欲的——
一條消失在腋窩紫色霧裡的小徑
背玉米的婦女額頭上
　　被隱秘細塵填滿的皺紋
三月，沿著芳香欲望的指引
一隊螞蟻爬出了春天的洞口

……啊，是的，我愛你白楊的身體，你迷人的
星空的嘴唇有著瘋狂溫存
　　永不停息的親吻：

——那美和情欲的。

寄生菌

廢棄的礦山，積水的深坑。
你胸口早已熄滅的爐火。

它居然有過熊熊燃燒的時光
當我們還不懂得寒冷？

我解開衣扣，讓太陽晾曬
這潮濕發黴的柴堆——

它原為一雙手的烈焰準備，但現在
卻可笑地生出了木耳。

它們，或他們

它投身於一道深谷猶如
　　陷入一場昏迷

而山谷盛開，迎接它
以刺進的姿勢所屈從的認識

年邁的苔蘚關閉潮濕的縫隙，隨著
一陣明亮燦爛的來臨

……喊著它的名字死去！
泥土落下。那最黑的棺柩

夢見了琥珀裡輕輕起飛的它們
曾經不真實的花兒。

啊，蜜蜂！

山楂樹

最美的是花。粉紅色。
但如果沒有低垂的葉簇

它隱藏在蔭涼的影子深處
一道暮色裡的山谷；

如果沒有樹枝，淺褐的皮膚
像渴望抓緊泥土；

沒有風在它少年碧綠的衝動中
被月光的磁鐵吸引；

沒有走到樹下突然停住的人
他們燃燒在一起的嘴唇──！

玫
瑰

她是禮服。離開植物學或
修辭學的戲臺後
也是。

洗碗布旁過於潔白的封面。

即便沒有別的鮮花，她們
仍然是女王。

每一個都是。

被卑微加冕。

百

合

她昏了過去。

香氣托起柔軟的腰
慢慢把她放倒在沉醉裡。

一群迷惘的蜜蜂
將它們做夢的刺
伸進花萼溫柔的彎曲中。

一顆香樟，或者……

一棵香樟？或者，落葉的椿樹？
他的臉，在融化的白霜後慢慢露出

哦，我們剛從童年起身，沾著露珠
凌亂的衣領在陽光下敞開

那是春季的第一天。群山聳動著脊背
搬運永恆所需要的瞬間。

一顆心臟留在他身體裡。在睡夢中醒著
就像河流被野鴨的翅膀帶向天空

就像深夜村莊狗吠的寧靜，苦難洗淨
滿天的星宿。——「世界是平常的」

他最美的臉，無底的漩渦。
我的胸腹貼近了火。帶著紙和墨水

我為一位詩人寫詩。把世界推進他的雙肩
大地在他腳踝上開始移動

紫葉李和石楠微微搖晃在風中
我的頭還靠在他胸前。走在在岸旁的小徑

用接吻的嘴唇迎接晨風。用不可能
確定。是的，我喊出他的名字──

祝福

沒有分離，沒有隔絕，
我的身影徘徊在你四周的牆壁
嘆息轟響了你身邊的桌椅

我的臉會落進你每天的水杯、碗筷、電腦的螢幕
所有的新生活都穿著往日的皮膚
我是籠罩你房屋的一陣巨痛

你將會看到我的笑容，在另一個女人的臉上
我的眼睛在她的眼眶裡
朝你悲哀地張望！

當她微笑，發出我的嗓音
你們雙頰相觸，卻碰到我冰涼的嘴唇
這剛開始就已陳舊的故事

帶著我給予你的快樂把她抱緊吧！在你們中間
我熟悉你的身體，熟悉它每一個細小褶皺的激動
在你們滾燙的四肢下，我縫補的床褥

每一條棉線都在低聲哭喊我的名字
你會迎面看到我的臉孔、小腹
你雙手握住的乳房將是我燒得發紅的哀鳴

我是她，無數女人中的又一個女人
而那銀色的月光照臨，從窗簾和枕邊
你的耳畔迴響起我快樂的歌聲，不會是別人

親愛的人，你定會穿越這些啜泣
所有的誓言已被空氣和大地銘記
它們絕不會拋棄自己最寵愛的女兒

但……此時，這些可怕的詩句拐了彎

它透過朦朧的淚眼，露出一絲溫柔淒涼的笑意
它說：相愛的人啊，
──願你們快樂，祝你們幸福
願我的愛在你們的愛情中最終完成。

做個貞潔的妻子

做個貞潔的妻子。而這是
一個人的事情。

一個人的碉堡，一個人的工事
加固著世界的缺口。鐵錘撞擊
火焰羞辱，以她配得上的榮光。
不單單是信仰：倫理的戰役

而倫理就是選擇，不可能同時有兩次
在責任的邊防線上
釘下界樁。有時極少的勇士選擇死

極少的法官無權追趕偷渡者。
藉口永遠可以理解當它意味著
他們疼痛到被自己的傷口覆蓋
以至於眼睛對他人的顫抖毫無用處。

做個貞潔的妻子──一樁神聖的事情
但一個人的事情只可能是一個人的：

須知更大的玫瑰屠殺來自擴張

哪怕在公正的旗幟下。

2006.10.23

第五輯

沙漠中的四種植物

紅柳

她跟我說著河流。地下滾滾的泉水。

而砂礫和碎石埋著她的沉默。
從那裡她柔弱的頭顱開出粉紅色濕潤的花來。

沙棗樹

風修剪著灰綠的葉子。陽光把最明亮的顏色給她。
　　白晝的榮耀。

她不統治。也不羨慕。
她是她自己毋須夢想的樣子。
大地痛苦擠榨出的甜澀果實。

駱駝刺

沙漠造成真理的鉛灰色
為了被她最小的勇氣刺破。

退回沉默中的教養。在
曠日持久的乾旱和疾風中她有著
對自身不公平命運的無言順從。

彷彿在完美的幸福中。

梭梭柴

抓起大地。直至
把沙礫下的海提到半空中。
她傾瀉，澆灌荒涼的風景以及

旅人過於容易乾枯的眼睛
──帶著折斷絕望的力量。

2004.10

根與芽

草根

有一種美妙的達成甚至
不需要公開談論。

有一天，當我注視著一棵大薊的根
彷彿那無秩序的柔弱和莖梗裡有著
建造一個天國花園所需要的
　　　一切可能。

葉芽

為什麼不說到你呢？

——我讚美你。讓我讚美你
就像讚美神靈。
你的到來轟鳴著最輕柔的力量
然後，堅冰融化。

其中的奇跡也可解釋為每樣事物中
無一例外蘊含著無邊的宇宙。

2003春

厄運，或曰讚美

鐵錘砸反了。

石膏頭顱裡滾出金子。

囚徒大聲歌唱枷鎖那

祕密的鑰匙。

給佩索阿

讀到你的一首詩。
一首寫壞的愛情詩。
把一首詩寫壞：
它那樣笨拙。結結巴巴。

這似乎是一首傑作的例外標準：
敏感，羞澀。
你的愛情比詞語更大。

驚惶失措的大師把一首詩寫壞。一個愛著的人
忘記了修辭和語法。

這似乎是傑出詩人的另一種標準。

活著的夜

居然，居然依舊美麗……這
眼前的夜。茉莉花葉子簇簇的夜
一雙刺瞎的眼更清晰地看見──

傷害祝福它！

受苦的人不會是一尊神。
人間沒有臺階
而我將忘掉這一切。

我呼吸這活的夜。如此緩慢
搬動光明之詞的黑暗。
又一次分娩：對於任何人
　　那鬆開的憤怒。

我試圖理解：在一雙錯亂的手掌下
多出誓言的那部分並未
隔著人的心臟被它觸摸。

我俯身嚎啕僅僅是因為利刃
　　而生出了盔甲！

在東大寺

東大寺的一角，頭戴白帽的
年輕穆斯林在誦經。
他們低沉的聲音裡，清真寺的圓頂在升起
朝著彎月和星星

他們平靜的面容宛如樹葉
他們的嗓音宛如西風和北風。
一個有信仰的心靈可以如此安寧
令旅遊者的腳步變得膽怯、沉重

就像今天，我坐在電腦前
耳邊忽然響起緩慢的誦經聲：
東大寺依然在遙遠的西寧
下午的陽光照在長廊的圓柱上
並推著一陣風從千里之外趕來
吹涼我發燙的額頭……

2007.9

還是青海湖

今天，我突然想到
那被大海遺忘在雪山和高原深處的海
那片孤零零的海
帶著它的青稞、犛牛、鷗陣和魚群
帶著它的四十八條河流
仍然在距我頭頂3210米的天空

奔走。奔走。奔走。

2007.10

八瓣梅

洗白的裙子，絲綢的頭巾
捲進心靈漩風的引力──這纖弱的花朵！

在黑犛牛群的讚美中
開始發電的芬芳身體。

唯有外鄉人帶來寒冷。她的嘴唇
揚起了灰塵。

三天，塔爾寺的牆可以下雪了。

慢慢隆起的記憶高原
忽然抱緊一個女人的旋轉。

2007.9

海之書

沒有人讀出眼淚。
雲低垂，沒有人讀出哀號。

正如那被稱之為生活的詞，湧出潮水的詩行
星星的標點，浪花的題注。

他是一座大陸的沉靜。
波浪永不休止地愛著岸，一次次
絕望地撲向沙灘──

呵，我嘗過你的苦澀！

濤聲一邊讚美，一邊洗乾淨
你眼眶裡的靛藍。

2005.12

恐懼

恐懼！……玫瑰莖上的小刺
你的手還在猶疑。
那足以拎起你衣領的激情
使你懸空。樓頂飛快旋轉

玫瑰有優雅的樓梯。芬芳的門
通向深淵。……你
伸出的胳膊比身體長

緊緊抓住生活的欄杆。
直到有一天，你突然張開手，說：

我不怕了。

——玫瑰，所有的刺都在這裡。

石磨

我領口的鎖骨下慢慢
轉著一盤石磨。

它碾著烏雲，秋風。
時光的粉末。
這耐心中濃烈的綠是你
飢餓窗口的飼草，你
屋後夏夜蛙聲深處的渴。

我看到某個停頓中荷葉快樂於
　　一條小徑從村莊滑來。風跟隨著
壓彎她優美的脖頸。露珠從黎明
滾落──石磨緩緩轉動；
風景碧綠的血滲入堅硬的碎石彷彿
　　通往屠場的路；

而磨扇的傷口擦出電，搖柄飛轉
往昔的打穀場，星星。
眼淚。被舌尖品嘗過的玉米籽，
脫了殼的詞語。一粒沙子！咯咯響著
劇烈抖動它哽咽的喉嚨──

這也是僧侶們獲得幸福的方式。

從未移動。在罪中，在絕望的狂喜中
磨盤沉沉壓住我，拽緊從縫隙劈進的
光。塞進腦袋。手和腳。
所有的黃昏拖著
你愛著我的黃昏，圍繞一個圓的道路
圓，時間用它來表示終結。

那時，你朝我美好地微笑，一滴滴碾出
死亡的甜。

我知道

我知道樹葉如何瑟瑟發抖。

知道小麥如何拔節。我知道
種子在泥土下掙破厚殼就像
從女人的雙腿間生出。

我看到過炊煙嫋嫋升起,在二郎廟的山腳
樹林和莊稼迅速變換著顏色。
山谷的溪水從石灘上流走
淙淙潺潺,水聲比夜更遼遠。

這一切把我引向對你的無知的痛苦。
　　我知道。

有一瞬間

有一瞬間，我停住手
沒疊好的衣服像是跪著的人
腦後受了致命一擊，慢慢倒下……

我愣神，
望著不知道什麼地方：

牆角，幽暗的往事一圈圈織著
迷失於自身的蛛網。

失
去

一塊橡皮的失去裡有著
孩子令人羨慕的哭泣。

或者，葉子離開枝頭。樹搖晃著
鞭子的抽打下風抖開痛苦的寬度。

這一切我都不能做。

我的失去裡有一雙被砍掉的手
突然從牆壁裡執拗地伸出——

我的姐妹們

「一個女人，」她說，「我的姐妹們
難道不是同一個？

你們蒼白的嘴唇，被愛情
撐起的驕傲的乳房
你們被男人愛過的悲傷的大腿
種植了多少春天的樹林？而那衰老
乾癟的胸腹裡，歲月的河流正通過沉沉黃昏。

當孩子長大，男人們也離開
你們向著死亡和深夜行走
當年輕的白楊腰肢彎成朽木
你們在傷害和寬恕中將愛完成。

啊，嬌嫩的嘴唇，黃金的皮膚！
願你們詛咒那石頭裡的永生──
和一個從未鬆開的懷抱相比，碑上的銘文
難道不比頭髮間的泥土更黑、更冰冷？」

2006元月

消失

消失。
比死亡遠，比擁抱近。
我接受遺產，你所獎賞的：
　　寂靜。

你的賜予，我遵從。

在這橫亙的安寧中我擁有
無限的時刻。廣袤夜空中的群星。

金色的你的身體在閃爍，到處都是。
金色的你的嘴唇。金色的！

麥田把它逝去的韶光種植在
我命運的屋頂。

新婚

嫁給群山，嫁給
赤裸的一陣風。

嫁給蔚藍海洋的深。

戴上六月路旁的金盞花
在一床月光的棉毯中
　　　　倒下──

你來。你娶一棵松樹。
娶整個海岸的潮聲。
你娶初夏之夜湧動的靜。

抱緊我。肺葉抱緊空氣。
雲從高處把祭壇放到
　　　你的唇上。

溫柔的灰燼

溫柔的灰燼，
沒有怨言的花瓣的凋零……

白楊樹瑟瑟的沉默
一個凍得發抖的農民趕著驢車
在小路上顛簸

啊，道別，蒼白嘴唇的微笑
一雙滿含淚水的眼！

細枝上的霜，扔進了枯井的
稻草燃盡。最後一塊火石還在風中堅持

──就是它。對黑暗那永恆的愛
永恆的光芒！

悲

哀

不要朝我微笑吧：

我所有被稱之為美德的東西都源於

它曾經觸及過罪惡。

新疆（組詩選）

天山

覆過霜的白樺林變成了金子
從天山南到天山北。黑松樹被風吹起波濤。
林間耕作的陽光在我胸口
　　種下一棵樹。

九月的火絨草，你何時再把我點燃？
何時用你落葉的急雨
沖出我乾涸心中的泉水？

星辰日夜奔走。
雲在天空寫一首沒有句號的詩。
多年後，有人會從那棵樹上跳下
背起整座天池
趕到茫茫沙漠把我救出。

新疆，給那走近你的人……

新疆，給那走近你的人片刻牧場的安寧
給他以白樺林金色的桌子和
　　引向星辰的燈

他被熱瓦甫憂愁的甜蜜吸引猶如
　　滿月時大海的激動

給他以陽光透過葡萄藤涼蔭的照耀以歇息
他的疲倦。請為他記下哈薩克民歌中燃燒的地名

你的雪山使他身後故鄉的河水暴漲
美麗的艾德萊絲裙旋轉出漢族姑娘芬芳的胸懷

你的陌生歸還給他
那對熟識事物曾被拋棄了的熱愛──

對我來說你漫溢出自己的形體……

對我來說你漫溢出自己的形體在更寬廣的世界中

祁連山的雪峰跟隨車輪直到戈壁沙漠
那裡強勁的風擁抱我並使我觸碰到
　　憂傷那能夠使人活下去的溫柔撫摸

喀納斯湖畔的某個黑夜我坐起身
　　久久沉默。
想到我一連三天夢見了你
在木卡姆琴聲裂開的泉水中
在金色阿爾泰和天山搖晃的陰影裡

就這樣我們坐在一起。

哦，那低垂的星星
那燃到深藍黎明的火！

阿瓦爾古麗

冬不拉琴弦上的露珠。一道花朵的閃電。

氈房從歌聲的谷底慢慢升起
怎樣的炊煙繚繞在記憶的山崗上？

灰色小兔跳躍在戈壁的荒涼深處
星星鋪在馬蹄踏碎的鹼水泡子裡

阿瓦爾古麗！整個天山顯得美麗只是因為
一個男人在對你忠誠愛情的勞作中
建成了被稱之為生活的無邊牧場……

麻扎 ①

這是誰居住的房屋？座落在塵世的宮殿
一條路終點的開始。有著
清真寺藍色圓頂上的彎月
在白天也閃耀的一座城。

它向天空說出一切事物的價值：
砍土鏝，鹽，樹上累累的巴旦杏
孩子頭頂的花帽和深陷在陰影裡的
維族老人的眼睛
它是喧鬧的巴扎②身後的一面明鏡

只是更安靜。更空曠。
沉默的羊群會來這裡尋找最綠的草
它們的柔軟從來不會
在石頭的心靈上長成。

在大巴扎

拐過街角，一腳陷進鼓樂齊鳴的沼澤
水果和烤肉，焦黃的香饢
異族語調的叫嚷蜂擁在阿迪力商場
二道橋從行人頭頂軋過
夕陽照在大巴扎圓頂的寂寞上
警車氣勢洶洶鳴著喇叭──

巴郎子，我好像也在走危險的達瓦孜

在這噪雜的深淵

我慌亂的手掌只來得及抓緊你的衣袖：

在它一寸大的寧靜裡，巴郎子

我得到過一個完整的黃昏。

注：

①麻扎，維吾爾語，穆斯林的墓地。

②巴扎，維吾爾語，集市。

花神（組詩選）

拉迪芳斯

　　那花神
沒有髮髻。小腿上纏著海草
我的花神，走過塞納河，鬢角浸在水波裡
他肩膀中的木麻黃，瑟瑟作響
他衣扣下的心臟

有清涼的泉水，在中國的南方
驕傲遠走天涯，他攜帶一口深井
在胸口晃蕩，濺出眼眶
巴黎的河水中浮起故鄉屋頂的瓦楞

我的花神，他朝後走
褲腳趟開新區的街道，梧桐葉返回樹枝
拉迪芳斯，雨在下。

木椅後就是蕭邦的一個下午。越過茶杯的缺口
能看見村頭牆上崩了刃的犁頭。那些鄉下芒果
在咖啡的香氣中慢慢變苦。

都是她帶來的。越過新凱旋門

一個女人走得緩慢、悲傷

從他要去的地方趕到

玲蘭花在胸前抖顫。凋謝了就不會再凋謝

她的白。她的離開

　　已經留下。

　　　　我的花神

他投來紅的一朵在黑暗中是多麼的

　　　　輕。

莎特萊廣場

不遠處是聖雅各塔①。黑的，朝天空又伸展幾米。

噴泉池的水躺著。沿她腳背升起：

「你還記得我嗎？」在巴黎的背面

同樣的電影在放映。那不是個名字。

一次散文遭遇詩歌的問候。她說話

聖厄斯塔什教堂的古老就開始挪動

鐘聲推開密簇的葉子

她的臉向四周生長。照亮風暴,鳥一樣
撞進了檯燈壓低的光芒。一株羅望子
在手臂上搖晃。側身面對幽暗的
左前方,她不動,奔向站立的人體池塘

不用詞語,她仍然能進來,跨過
皮膚,撩起吹拂的額髮
她的大軍從帳篷外就能看到:
星空的馬群。愛情那廣袤的領地。

里沃利大街緊跟其後。這個異鄉人
巴黎的遁世者,眉毛下有歌劇院的篝火
美術館畫框裡的炊煙飄過大陸架;犁過的
稻田有汗味的芳香。攀上一棵瓦松
她被帶到另一個村莊的尖頂上。也是黑的。
聖雅格塔旁,她比秋天的遺產稍高。
在艾呂雅的詩行裡
她的嶄新比舊還要舊些:

——「你還記得我嗎?」

大天使

的確，塞納河在你身邊走著。

的確，一陣風把你的帽子吹到
遙遠的華北村落。殘陽。
那裡的石灰窯已熄滅它的烈火。
河水落下，露出鵝卵石的光滑
靜靜地，晌午的牲口打著響鼻——

但你並未在與世界的接觸中遇到過它們：

大天使。他的翅膀是人的
趨向於隱匿。當它伸展
彷彿星光帶來黑夜。你寄生在
可觸摸之物的青苔上，多麼短暫
呵，「是你嗎？」他說

在莎特萊廣場，如一道光閃過
平靜地，他與夜空交換翅膀
帶著他內流河無聲的流淌。並不遙遠

臨街鐘樓的半截梯子微微一晃
撤回雲端。沙漏突然停了——

大地在飛，醜陋的疤痕
被他的雙翼抬起。這悲傷的顛覆者
垂下他的眼瞼。殘垣、紙屑
未畫上句號的斷章及一滴淚水
正是這細碎的缺失使他完整，襯托出
巴黎街道的空無。啊，大天使

他以陽光遮臉，以燈火後的陰影
以發黃的沉沉書頁。他消失在明晰中
因此古老的樹林出現。他沉默
而低空中金色的警報驟然被拉響——

聖嬰泉

臉浸在晨風的清涼中。做簡單的早餐。
西柚裡的甜和苦。覆盆子是紅的。
赤腳，帶著海灘潔白的沙，她走過蒺藜

深處的疼。
水的傷口被水縫上。

──關於它的來歷？
拐角的咖啡館落進一聲嘆息的幽暗。
雕塑在暮色裡慢慢抬起頭。她的
聲音，一條小溪從石頭中裂開
沖皺了紙上的巴黎。

沉默是加倍的。
「再也沒有純潔的人了。」

不。這不可能。她的森林穹頂
教堂撐起了肋骨。女人低垂的頭。
水是平靜的。那裡的燭光
在痛苦中淬過火。

也是泉。十一月，銀蓮花在
花園中吐著青色，沿階梯往下
就是孩子攀上天窗的十字架。潮濕的木紋
插進泥土和地下河。她留下腳印

波一樣，從聖德尼②大道的櫥窗和
一束月光之間筆直地
　　穿過。

瑪麗橋③

先是圖爾內勒濱河路，兩排綠房子④
小的，盛得下布勒東們的爭吵。
如今他們安靜了。一把舊鎖合上暮色。

往西，楊樹光著身子站在風中
眺望斯德島，「我們的女士」⑤
是的，還有樓房窗臺上的繡球花
伸長脖子張望，河水的那邊
撩起黑暗的裙裾製造著夜
為了讓夢通過

而橋是用來朝下看的。欄杆漆成墨綠
伸手勒住她們溫暖的腰。一截燦爛
被用來裝飾玻璃畫。透明
沉重。收集風中滾動的鐘聲

它通往聖母院（啊，那下面的流水！）。

她們——

通往擦傷自身的光明。

注：
①法國詩人艾呂雅曾經為這座塔寫過一首詩。
②聖德尼大道，巴黎的一個紅燈區。
③瑪麗橋是越過塞納河通往聖母院最近的橋。
④塞納河畔有很多出售舊書的攤點，書就放在一排排綠色
　的箱子裡。
⑤聖母院的法語原意即「我們的女士」。

詩篇

1

我願為愛而死，愛卻讓我活得長久；

2

給我悔恨。給我痛哭。
給一朵百合花黎明時愛情的顫抖。
給我長久的絕望和最終
落在餐桌旁黃昏的寧靜。

3

我不知道到底愛上誰更早：
土炕，木窗外北方的大熊星；
夏夜有露水的石凳；和
你微笑的眼睛——它們
剛剛哭過。

4

但請相信，由你我愛上了陌生人。
修自行車的。種菜的，

5

我把你冰涼的腳抱在懷中，當它走過
我身體的道路；

6

大地睡去。你是我沉沉的呼吸。

你的肩胛裡保存了一座不會毀滅的城市。
神啊，讓我關掉燈吧！

7

在一場旋風的被單裡躺下，山谷
你雙腿深處的風暴呼嘯著

穿越城鎮的樓群。

黑夜列車馳過時鐵軌的震顫。

半月在我凹陷的雙乳間

你俊美而疲憊的頭埋下來；

8

你嘴唇上的火。

你小腹中燃燒著靜靜的燈。

9

你插進我。不斷地

像乾渴挖掘自身的泉水。

勇敢。光榮。

以孤獨的獻身穿越一個女人，加入

草木、黎明、溪水以及

萬物江河的奔湧。

10

我抱緊真理，忍不住快樂尖叫
——被神對幸福的理解所允許。

11

這是晚點的車站在追趕靈魂的列車；
是個人神話的復活來自
一個信仰同土地的結合。而
你是一個星球；

12

我胸口的首都。

我愛它。

街道。村莊。貧困的放牛人。爭吵。
廉價的裝飾。牢騷。衝突。每天的

炊煙。石磨裡的耐心。夜晚。白天。
　　　　　突然湧出的熱淚。

13

你，我的麥穗。我的田畝。
一個宇宙在你血管的茫茫深處。
哦，海浪！讓我的世界
呼吸，靠近有風的瓶口；
我攢緊你的手，在慢慢死去的星球那
　　無知無覺的變涼中；

14

只有受苦的愛那淚水的光芒是熱的

詩人的工作

一整夜，鐵匠鋪裡的火
呼呼燃燒著。

影子掄圓胳膊，把那人
一寸一寸砸進
鐵砧的沉默。

2005.12

第六輯

哥特蘭島（組詩）

哥特蘭島的黃昏①

「啊！一切都完美無缺！」
我在草地坐下，辛酸如腳下的潮水
湧進眼眶。

遠處是年邁的波浪，近處是年輕的波浪。
海鷗站在礁石上就像
　　　腳下是教堂的尖頂。
當它們在暮色裡消失，星星便出現在
我們的頭頂。

什麼都不缺：
微風，草地，夕陽和大海。
什麼都不缺：
和平與富足，寧靜和教堂的晚鐘。

「完美」即是拒絕。當我震驚於
沒有父母、孩子和親人
沒有往常我家樓下雜亂的街道

在身邊──這樣不潔的幸福
擴大了我視力的陰影……

彷彿是無意的羞辱──
對於你，波羅的海圓滿而堅硬的落日
我是個外人，一個來自中國
內心陰鬱的陌生人。

哥特蘭的黃昏把一切都變成噩夢。
是的，沒有比這更寒冷的風景。

無頂教堂②

據說上帝在這裡，而這裡只有石頭。

遊客，吉他手，牽狗的
家庭主婦。丹麥人
芬蘭人，羅馬尼亞寡語的移民
本地教養甚好的市民。

這就是一個世界。

椅子和臺階，其中隔著多少
厚重的高牆！

石頭，石頭。
一座石頭教堂，仰面就是
流雲和鷗鳥編織的天空。
曾經懸掛聖像的地方
現在是青藤和鳥窩。數百年時光
苔蘚已耐心把祈禱的位置佔領。
昔日君王腳下的石頭
已經砌向天空。

我在無頂的教堂朗誦李商隱
死到臨頭的春蠶，在石柱間穿梭的青鳥。
野藤，蒿草，石頭和牆縫
——它們肅然，默不作聲
彷彿能夠完全聽懂。

特羅斯特朗姆在彈琴

特羅斯特朗姆在彈琴
用他的左手。

一道山崗上有午後的書房
格利埃爾的譜子，風中的
白樺林齊刷刷站立在
梅拉倫湖畔的房屋，等待
一隻手收回它們風中的落葉
那些已知的痛苦和未來的悲傷。

他微微閉上眼睛
手指下蔓延著風和波浪
窗臺上的天竺葵突然一片火紅

人們認為所有重要的事情
都可以用右手來做。失敗，
這是他想要的抵達——
特羅斯特朗姆在彈琴，用他
老人的左手。

英雄——給維斯堡③

榮譽建起了你的城堡，而不是
低矮的草地。

沒有比它更堅固的城堡！

而有時你會偷偷溜出來
翻越城牆的缺口
寫詩，痛哭
在草地上。

只在草地上。

瑞典的一座花園

蘋果因成熟的欲望而墜落。
地錦藤在鵝卵石上一寸一寸
攀爬進秋天的霜寒。
接下來就是冬天。

這很好。你瞇起眼
什麼也不做，像小徑旁那座
蒙塵的半裸雕塑。

猶如一棵筆直的白樺和另一棵高聳的松樹
不能降低的尊貴：
對於明媚的陽光
你僅僅提供無用的看和想——

這幾乎是肉體最隱秘的快樂。

在法羅④

——給伯格曼

法羅——羊島。
石頭矮牆，褪色的木柵欄
林間的輕輕喧響掠過順從的野草

你茫然站在海邊，面對破敗的房子
一棵松樹對你低語：

在他死去兩年之後
他還住在這裡。

上午十點。窗前是
隱約的波光，被海風吹歪的樹林
野草莓已經凋零。無名的野花開了又敗。
沒有人，只有大團的雲
在深淵般的海面投下陰影
宛如父親的臉。

最終他不能理解世界為何是這樣，因此
直到今天他還在發育，長出鬍鬚。

你看見他默默出現在屋簷下
茫然地望著遠方
就像你現在的樣子。

克倫堡⑤

「老王的鬼魂昨晚又出現了。」
你驀然回頭，看到它的影子

正在漸漸遠去。沒有濃霧
波羅的海的陽光正在你的頭頂

正午也是鬼魂出沒的時辰。

哈姆雷特號，一艘
巨大的渡船，要將幾百輛汽車
運過松德海峽。一些遊人登上甲板
和傳說合影。

「生存，還是毀滅？」
哈姆雷特在說話。而我的問題卻是
關於沉默的罪過：
——「是說話，還是毀滅?!」

……腳下的波浪深處傳來一陣陣
隱隱的嘆息。

安徒生墓前

一縷陽光正照在你的墓碑上。
四周深陷陰影中。

風吹來，松枝微微一動。

小人魚在遠處的岸邊
低頭不語。幾艘遊船帶來了
好奇遊客們的照相機。

你根本沒有看見我們──
黑暗的泥土和石頭裡
你緊緊盯視著外面越來越長的影子

你知道，替代白晝到來的
仍然是堅定而沉默的繁星。

在路上

墓地和遺址，拜訪的路上
你知道你正走向它們。

眾多的墓地和遺址，彷彿
你走了這麼遠的路就是為了
抵達它們。

這就是你成長的道路。

你不停地朝前邁步，向著墓地，還有

一個個遺址。

奉獻

——給塔爾科夫斯基

你是一棵燃燒的樹，一根即將化為

灰燼的蠟燭。

守在攝影機前，你不說話

盯著遠處開始燃燒的房屋。你臉色蒼白

奔走在泥濘中。

所有人都知道，你就要死去。

然而你為何要種下一棵樹，為你的

兒子，既然你已經點燃房屋

已經燒毀了一棵樹？

「澆灌吧！」——你說。傾盡自己的生命
猶如永恆的死亡之泉滴下
　　第一顆種子。

注：
①哥特蘭島，位於瑞典南部，是波羅的海最大的島嶼，以
　風景優美著稱。
②聖尼古拉大教堂，位於哥特蘭島古鎮維斯堡，原建於中
　世紀，現只剩石砌牆體、圓柱等較完整的廢墟。
③維斯堡，哥特蘭島最大最古老的城鎮，以建立於13世紀
　的環城石頭城牆和塔樓聞名於世。
④法羅，瑞典語，羊島的意思。小島人跡罕至，電影導演
　英格瑪・伯格曼常年隱居於此，直至去逝。
⑤克倫堡宮，位於丹麥半島城市赫爾辛格，是丹麥最負盛
　名的宮廷建築和民族象徵。也是莎士比亞著名戲劇《哈
　姆雷特》故事的發生地。

克孜爾

克孜爾，我知道你還在用你洞窟的深眼窩
看著我。那裡有
永在的美和被摧毀的美。有你的千行淚泉
滋養著蘆葦和桑椹。你諦聽
我沉重的腳步，在北京的樓頂
讓星星和夜風向你呼喚。

你在比高更高的高處，在沙漠造成的灼熱裡
收攏我的夢。當我回憶
你就醒來，陽光照進你的眼睛
兩排黑楊閃開一條道路，在沙之書的扉頁
有兩行葡萄架的詩句
為你朗讀一個女學生的情書。

克孜爾，在飛馳的六月我和你曾度過一個
新婚的夜晚。歌聲的深井
濺落一塊玉；而在褪色的經卷裡
它是一盞向你不停讚美的燈。

當歲月一層層被風沙翻過，克孜爾
我依舊是你衰老的情人，我那走在北方的
鬆弛的雙腿，變得臃腫的腰身和
含著淒涼的眼睛，還會為你而
用來微笑或者哭泣……

沙漠

沙漠。沙漠。
看不到盡頭的沙漠。似乎為了讓我擁有更多
在貧瘠情感中淘出的金子
你在令人恐懼的遼闊裡揚起了
一柱高高的旋風。

祝福你無涯無際──除非
我找不到你藏起的
一小片湖水。除非
我沒有認出被你全部乾旱
所虔誠供養的
　　低矮的芨芨草。

風沙，永不休止地吹吧——
在沒有倒在你燃燒的懷抱之前
我離你是如此遙遠，恐懼於
泥淖中慢慢的腐爛。那些
電閃雷鳴的深夜，暴雨整夜哭訴
對你的瘋狂渴慕。

此時，在火焰蒸騰的戈壁沙漠
我將要把沉重的船纜
拋向你被吸乾了全部海水的
　　焦渴上。

戈壁夜歌

你的歌聲裡有我註定要失去的
美夢，好像一個親吻使嘴唇緊閉，
往昔歲月的哭泣
在你緩慢的經過裡悄然響起

一定有更偉大的孤獨，所以才有了星空。
如此遙遠的注視，在你說出「悲傷」這個詞

的時候，有微弱的燈火
　　閃爍在露珠裡。

黎明在曙光深處把我年齡的黑暗
紡織，直到它成為一片寫滿詩行的
田野，驢子和公雞醒來
為一個人造出新的清晨。

一定有更痛楚的愛，才會有
乾旱沙漠裡的草木。
翻越群山的風，吹開我的眼睛，
奔跑了一天的大地使它
平靜。——哦，黑夜裡忽然響起的歌聲

你幾乎是一次車禍的理由。在我所有死去的白晝
你幾乎是幸福的提醒。

蘇巴什故城

蘇巴什寺在一片陽光中高高地燃燒
下面是滾滾的沙礫。

風造出丹霞火紅的力將把一切

夷為平地，惟有

蘇巴什被無盡的時光吹拂；

夏天正午的黑暗跟隨

玄奘腳踝上的一小團火，並在信仰的跋涉中

耐心修撰荒城的記錄和

　　　風的嗚咽。

這裡是石頭和沙礫的王國。

近乎完美的磨損，把一個人內心

所能具有的堅硬交付給砥礪；

直到他在無限中消失，並在這消失的歸還裡

伴隨獨行者的身影不停地

　　　向這裡走來。

手鼓

腳步踏響四季的田壟。分秒有著

均勻的足音。

是電子的擊打，是輕雷

在指縫中滾過——死與生的號令
以寒顫讚美火焰，四肢的抖動
驚醒為哭泣和歌唱
　　　而存在的器官。

節奏。節奏。節奏。
飛逝的時鐘！

為了獲得其中片刻的停留
詩人們恭敬地在你身上寫下
　　　自己的名字。

沙雅·薩塔爾①

偉大的死亡在這停步。沙雅
你的胡楊林
以站立不倒的姿勢迎面攔住了它。

迪力木拉提，只有你知道
最初的男低音出自恐懼於人的黑暗而
　　　鑽進薩塔爾的顫抖。

那也是我們不知道的

　　我們沒有原因的出生。

一棵鬍鬚花白的老樹蹲踞著，你的父親
眺望遠去歲月的身影，
它們來自琴弓——你雙手沾滿的蜜？
烈日下，恭順的小毛驢併攏四蹄
用沉默向我翻譯
　　　戈壁的風，以及
消失的塔里木河滾滾的流淌。

我在一個喉嚨的沙子裡
翻揀出昔日的鑰匙。那裡的窗臺
還晾曬著龜茲古老的葡萄；
一個婦人在河邊呼喚淘氣的孩子；
戴花帽的青年趕來黎明的驢車
為了把深夜捉到的閃電
放到戀人油燈謙卑的
　　　光芒之中。

迪力木拉提，音樂把它膝蓋的尊貴
　　留給了你。
薩塔爾把最悠長的回聲
留給了傾聽，猶如
幸福再次降臨——
在歌聲緩慢的脊背上，
失蹤的人和羊群從沙丘後慢慢露了頭：
駝鈴叮噹，村裡的炊煙
嫋嫋升起，安排著開始變藍的
　　星空的秩序……

這是我聽到過的最可怕的受難曲：
維吾爾族人迪力木拉提，歌手阿肯
榨乾的胡楊林和
　　被流沙湮沒的家園——
你抱緊薩塔爾宛如抱緊眾多生靈
並把偉大的死亡納入其中。

南疆

在一團壓低的雲裡穿行我帶著熱風
那些苜蓿草和棉花地
接近了採摘的手。
她們和平的放生
有著和時間搏鬥的名字。

皚皚的托木爾峰豎起藍色陰影
籠罩並祝福火星閃亮的饢坑。
她們圍裙的果實中有磷
杏仁裡有脆弱的心,在一雙
無法瞭解自由的眼睛深處
　　被羨慕和追問。

多浪木卡姆,麥西來甫
強壯於死亡所渴慕的愛,新月
安放在清真寺藍色的圓頂。
還有葉兒羌河把恐懼化為玫瑰的安慰
在被沙漠包圍的荒涼裡,薩巴爾
又開始了歌唱。

我幾乎迷了路──在「被睫毛掃乾淨的」^②
名叫庫車的地方
隔著漢字的擁抱
我幾乎無限地挨近了你。

沙之書

因為有人走過，沙漠不再荒涼。

有時候我感覺自己垂直的
降落，在夜晚高高的寧靜中
生活的草地上開始有了露水。

孩子們白晝的喊叫在那上面
留下了珍珠。生活是如此漫長的
跋涉！乾渴和煩惱的風
吹光了一個人耐心的頭頂。

猶如對詛咒所回答的祝福
每一步腳底下的沙子開始湧動
直到它成為漩渦，呼喚一場甘甜的雨──

我在向大地撲去的摔疼中
擁抱了它。

差別

在這裡
他們受苦，他們幸福
他們唱歌跳舞
訴說著他們的苦難和幸福。

苦難和幸福在舞蹈和音樂裡常駐。

而在另一些地方，另一些人受苦
或者幸福
他們默不作聲。
蹲在屋簷下歎息或者忍受。

一陣風吹過，掩埋了他們的屍骨。

七月

——給新疆

我不知道怎樣遭遇了絕望，這絕望
沒有借用我的名字。沒有我的性別。
沒有任何膚色和語言。沒有宗族。

甚至沒有我。沒有一個大腦帶著它的
對世界的認識。我只感到絕望。
我只想睡去，沉沉不醒。

阿瓦提，美麗的胡楊和白楊
我的嘴唇留下過的杏子的甜蜜
擁抱我的沙漠的熱風和夜空的星辰
在這個時刻懲罰了我：
木卡姆，你的歌聲
是多麼美——有著黑色洞口的絕望！

彈琴的維吾爾老人，我還是你的客人？
你善良的眼睛像湖水那樣深。而我的心
是沉甸甸的石頭。是火山在變涼。

它沒有一個可以安放祈禱的平頂。
它沒有一株用沙漠富饒的全部荒涼
養活的細細紅柳。我不是羊群
能在熱瓦普的草叢和塵土裡行走，
我沒有那樣的痛苦。

我曾相信星空和母親懷抱的起伏
並用它相信人間的道路，
它們畫出我的地平線，墨水和淚水的
地平線──今天它像一把刀子剖開我的胸膛。

我不知道我如何遭遇了絕望，它沒有聲音
沒有形狀。它什麼都沒有，除了
塔里木，我對你的思念。什麼都沒有除了

在黑暗中顫抖的歌聲，

我的因為和我的所以——給你的祝福……

2009.7-2009.8

瘋人歌（組詩）

一個傻子在社區裡打電話

每天上午這個時候，總能看見
一個傻子站在樹下打電話

一個穿郵政工作服的綠傻子
一個對著手機嘟嘟囔囔的男傻子

打著打著他哭了，聲音也高了
鼻涕被另一隻手抹到了衣領上，閃閃發亮

這是上午陽光最好的時候
這是幼稚園大喇叭開始播放兒歌的時候

每個人都遠遠躲開他，像躲開一句詛咒
——戴眼鏡的教授、買饅頭的老太太
收廢品的三輪車猛地拐彎
一對說笑著的情侶突然閉嘴——

彷彿那傻子是個天才，是個道德家
讓所有人都變得沉默、懼怕
讓所有人的快樂變得尷尬

但走遠後的教授，重新昂起了頭
挽著胳膊的情侶，又開始打情罵俏

那傻子就是陽光下一段漆黑的夜路
那傻子就是一張唱片被禁忌消了磁

哎，一個傻子在社區裡邊哭邊打電話
一個寫詩的人死死盯著他，忘了出門要幹什麼

這個時候是偉大首都最忙碌的時候
這時候一隻蜜蜂正拎著一小罐花粉回家

一個瘋子在社區裡奔跑

鑒於保命的可恥愛好，每晚我都在
社區裡奔跑。每晚都會遇上另一個奔跑的人

她忽前忽後，在我左右
她旁若無人，嘴裡的詞兒滔滔不絕
比疾奔的雙腳還要押韻

有一天她嘟囔著一句話──太高興了！
就這麼她一直說著──太高興了！太高興了！

我也差點喊出來──是啊，太高興了！
我跟著她緊跑慢跑，像在追趕高興

更多的時候她嘟囔的話聽不清
我的耳朵像先進的火控雷達，瞄準了她

但有一天她開始大聲嚷嚷，帶著哭腔
──別打我呀，別打我！

半個多小時，她一直邊跑邊嚷──別打我呀！
我小心翼翼拉開距離，像一條狗看見高舉的棍棒

等她顛兒顛兒消失在樓洞裡，我忽然怒氣衝天：
──為什麼不說高興了？你這個女瘋子。

汽車站旁的神經病不見了

他比誰都快樂，那個神經病
不知道從哪兒來的
靠揀垃圾吃活命的神經病

睡在一棵楊樹下面，五冬六夏
蓋一件破爛不堪的大衣，要是下雨了
就躲進候車室屋簷下，站一整夜

咧著大嘴笑，不管面對半塊饅頭
還是一口濃痰。笑起來還挺好看
大眼很亮，雙眼皮很深
挨打時，只會嗷叫著抱頭鼠竄

不知道什麼時候，他不見了。
——那就不見了唄

幾年後弟弟忽然說：還記得汽車站那個
神經病嗎？他死了。被人殺了

我震驚，嘴張得能吞下一本社會學詞典。

「兇手是個推銷員。殺了好幾個瘋子、傻子。
他說這是為民除害，說這些人不配活在世上。」

加里・基爾代爾①的弟弟

大夫敲門的時候，天悶熱得邪乎
門開了，小夥子露出清爽的笑容

「……我就是加里・基爾代爾的弟弟
那些清華的自大狂，有幾個能寫出這樣的程式？」

他講解著電腦的奧秘，邏輯嚴密
還打開電腦，向我們演示

這個瘦高的小夥子，幫我組裝第一台電腦的人
教會我上網、聊天，註冊第一個E-mail

他年邁的父親的腿一直在打顫
他慈祥的母親不敢作聲

三天後他被送進精神病院，據說率領眾病友
一舉佔領辦公室，趕走大夫，扯下了錦旗

幾個月過去，他平靜地回家
帶著一本英文詞典──倒背如流

這個小地方來的大男孩，如今在北京創建公司
一個女研究生被他迷住，共結連理

祝你幸福，親愛的小夥子
你的確是基爾代爾的弟弟，即使曾被一群白癡羞辱

去西藏

他不說話。不說話。
他用眼睛戳編輯部的牆，戳天花板
戳一切看上去能被戳穿的東西。

現在，他瞄準了我：
「──去過西藏嗎？」
我頭搖得軟弱，像欠了他的錢沒還。

「為什麼不去？你還是個
詩人嗎？」他憤怒得大義凜然
我窘迫得無地自容，如紙老虎被戳穿。

第二次他來，眼神更淩厲：
「西川，住在一間靠湖的草房裡
這個你知道吧？」
我瞪大眼睛，沒敢笑：
「不是吧……他怎麼可能住在那裡？」
「他從不用電，只點油燈和蠟燭！」
接下來，他給詩人們安排了可憐的食物
浪漫的情事，以及發瘋自殺的結局。

望著他傲然離去的背影，我為自己
住在樓房、不會種菜
並且還要寫詩、沒膽量跳樓
感到羞愧……羞愧不已。

失語症

已經有很多天了……她在屋子裡
盯著牆壁。有時低下頭
盯著手裡的杯子。無論如何
要記下很多天裡沒有發生的事情
就像她一遍遍摩挲著茶杯
直到它變涼。

這事情如此重大，以至於她不知怎麼表達
所以繼續倒進開水，等它們變涼
那滴留在杯口的水珠
慢慢變成幾乎看不出來的水漬
就要隱去在暮色中，像那些
忘了何時寫在照片背後的字
那無意義的、顏色消褪的、不可能
與回憶對稱的筆跡。

土豆來了！

一封信來了！
主任收到來自東北某農場的投稿
裡面夾著一張玉照——
「男人們為我瘋狂，他們叫我農場之花。」
我瞥見這行字，對主任豎起大拇指

她的詩寫得深奧難懂，這令我多少有點慚愧
主任回了信，內容不得而知
和他相比，我更覺自己時常無禮

據我觀察，他們的通信來往了幾次，
主任諱莫如深，而我
為自己的好奇心感到可恥

「——來了，來了！」某天早晨
他驚慌失措闖進辦公室
手裡揮舞著來自農場的電報
我快活得幾乎要跳起來——
「場花要光臨敝社？」

「——明日發往你處兩車皮土豆，命令你
立即就地銷售！」主任念出電報內容
並對這一新職業深感驚恐
為堅拒這一偉大任務，他匆匆趕往郵局

我幻想的美景差一點就實現——豐收的土豆
兩車皮壯觀的圓滾滾土豆
蹦跳著，骨碌碌堆滿辦公室
淹沒樓梯、樓道，伴隨著
收賬的農場之花高跟鞋動人的敲打：
哦，迷你版政治，小號烏托邦
——土豆來了！

錄抄一首

——來自某醫院病案影本

救救我，別把我活埋……

不要使勁兒踩我的手
它正緊緊扒著曙光的窗臺

祈求這塊鬆動的磚頭
不要突然斷開——

不要猛踢我的臉
遞給我一個繩結
——讓我活下去吧！

在我面前，恐怖裂開了大峽谷
在我腳下
海浪貪婪地伸著舌頭

發動機停了。四周多麼安靜。
我的心
請你再跳一下

醫生，我記得我有名字……請你
再叫我一聲

啊，就要消逝在天際的晨曦
我不是你的一顆星星——
請不要把我收走

救救我，讓我活下去吧

如果你不願意，
壯麗的大地──就讓我停止掙扎

用你永恆的偉力
讓我安靜吧──。

棉衣

一顆受過腦炎細菌侵害的花白的頭
在燈下低垂。

它苦惱地計算孩子們肩膀的弧度
衣袖如何舒適，如何拆完後
再縫好那些正確的針線。

人們在雪地上打鬧，未來的詩人試圖
在冰凌裡印上自己的臉。
雪花飛舞，寒風強勁
這一切多麼適合抒情。

而我信任那受過傷的大腦的痛苦：

一個母親身邊的剪刀、線團

以及冬天裡一動不動的耐心──

它不是別的──

它是所有藝術的祕密。所有的藝術！

注：
①加里・基爾代爾，（美國），電腦軟體發展的先驅。

亡靈書（組詩）

漢語之航

是錨，而不是魚鉤
沉系在溺水者的下頜骨上。

只有在那裡，你聽到牙齒森森的喘息
那些眼球發青的人
還沒有死。

給Z和D

我不確認你們已經死去。這太奇怪了
在泥土和青草裡，你們的頭髮每年長出一寸。

你們的指甲也是。

我知道每當我在黑暗中哆嗦
就是你們想把我小腿的骨頭
放到錯誤的地方的原因。

只是那個時候的桃花開得正豔，
漫山遍野，而你們的臉是羞赧的粉色。

由於孤獨，
你們總是來找我。
──說吧，我的口琴被誰拿走了？

剪著愛國短髮，19歲的團委書記
而拿筆的那個卻有著脆弱的頸椎
在冷漠的牆壁上撞得粉碎。

這就是和你們在一起少女的歷史。

我的膝蓋在雨天總是隱隱作疼，
但這次我的燈擰得很亮，你們在窗外
都看到了。

我對生命的喜歡依然很多。
對一個男人的愛依然長久。
這些足以反駁你們──但不要因此痛哭。

他們絕對純潔的革命道德
再也騙不了我，正如他們
曾對你們做過的那樣。不——生命的野草
永遠比泥土高出一寸，儘管
漫長的中世紀還在高速公路上奔跑。

我們依然是在一起的三個，
不同的是，你們打結的繩子
挽成一朵綢花，別在我的胸前
髮梢、前額、曬黑的胳膊、
和漫長生活那磨亮的車把上——

蟋蟀的歌

一天比一天冷了。

草叢裡
蟋蟀的歌斷斷續續
像哽噎，變得
老硬，短促
為自己小小的身體

鋸著最後一根
臨死前的
木頭。

親愛的小舅

·

深夜放下電話，我就睡了。
不⋯⋯或許在黑暗中睜了一會兒眼睛，
但終於睡了。

·

孩子們的起床聲使我醒來。窗外
一場罕見的大雪把世界變成了童話。

·

我拎起相機，走進寂靜的樹林
趴在被雪掩埋的一朵迎春花下。
呵⋯⋯到處都是快樂的拍照人。

·

幼稚園裡的孩子們在打雪仗，
我微笑著看了很久。

·

幾乎一個上午就這樣過去。
我收拾鍋碗，吃飯，給小狗餵了水。

　　　　．

空空的電腦螢幕裡，你突然朝我眨眼笑起來。
我嚷嚷：「你偷吃我的蘋果，
騙我啃你的臭腳丫；

　　　　．

「你給我捉螃蟹，在我掉進海裡時
把我救上來。你背著我爬樹，幫我黏知了
這沒什麼了不起。

　　　　．

撕了課本給我疊三角，你幫我贏玻璃球；
笨手笨腳給我縫鈕扣……瞧你笑得多壞！

　　　　．

別趕我走，我會像村邊的河水一樣跟著你──
領我回到從前的山坡和蘋果樹下。

　　　　．

現在，該輪到我帶你漫山遍野去玩了
　　──它依然是我們的當你在空氣中
　　　　變得比風還輕。」

重逢

他們在星星上相遇
在所有夜晚。

在任何地方
水的波光裡。

在薔薇名字的小徑深處。
在月夜的一扇門後。

有一次它叫呼吸，
另一次叫陽光的秒針。

他們在每一次飛走的鳥群中相遇。

那永遠的告別中。

你們倆

───悼少年早夭的兩位女友

你們──你們倆──
像以前一樣笑嘻嘻跟著我
直到今天早上

你們揪著我的髮辮的手要不要鬆開？
要不要？

十七歲，二十歲，
如此的驚嚇！
你們的臉是兩朵野花在我兩隻眼睛裡旋轉
辛酸又可怖。

那些雨夜，拍打門環的淒厲的喊叫。
窗玻璃在顫抖。而我知道你在小店的蘋果樹下
你哪，你在北郊漆黑的荒草中。

這是最後一次。
——你們先哭，好不好？

哭完了就告別吧。

我要拐向另一條大路。有人在拽著我
用他的火烤著我的寒冷。

我不會跟你們走，
我不想跳進那絕望的黃土深處。
你們跟著我太久了，請原諒我此刻的笑容；

你們還沒有來得及長大，沒有來得及誕生。

而我要去追趕太陽，他從大海上升起
帶著生命野蠻的力量，抓住我的衣領。

別了——安息。
這對誰都好——兩朵墓地之花
請你們帶著露珠開放在清晨的門口。

我已經跨過生命的膝蓋，
走到了被稱為愛情把手的時間的腰際
──我祈求你們的祝福，
為你們那永辭人世的原因。

低訴

蟋蟀在我的窗下用歌聲織著
不是一張網，而是一個洞──

把一個人慢慢裝進去
用你那淒涼、溫暖
空空的抱緊。

寫

在一把椅子裡每天的旅途
你的旅伴──灰塵的慢。
那麼多日夜
是你沉重的軛具。

多美呀。

有人讚歎著你手裡的活計。

那件殮衣

被你睫毛上的淚認出。

莎菲女士①在1933

「假如騙和愛差不多，我就選擇愛。

如此我就可以寫：一個特務曾經愛上我。

一個危險的獵人愛上了獵物的危險。

這真是一件有意思的事。我的意思是說，

它不比任何一樁戀情更有意思。就像

明信片毀了所有的風景，他詩一般的

言語，幾乎幹掉了我對言語的信任。

從某種角度講，特務具有憨厚良善的品德

是世界主義與和平愛好者；是絕對

幫助你的敵人。他用言語說服我

卻因言語暴露了自己——這方面，我是專家

請允許我用詞不當——人們在二十年後

才發明「斯塔西」②這個詞
我的故事，只是光明正大的例子。

我可以用任何理由給這段經歷的結束
找個藉口，唯獨不能說出那些正常的
午後、光線、一籃蘋果到達的路途。

風吹來的時候我會注意那些耳朵
在樹葉上、露珠上、茶杯中
在每一個字裡悄悄豎起的耳朵。

是的，耳朵和話語——溫情脈脈
但已經結束了……叫他滾蛋
這麼說吧——正是因為那些午後、光線
露珠和蘋果的緣故。

幾年後，我從楊家嶺的山坡跑下
這一切我全忘了……微風，樹葉，和露珠。」

一個詩人的消逝……

——寫給詩友瘦谷

一個詩人的消逝，意味著
全體詩人的死亡。

又一次，護送骨灰的人
腳步緩慢，踩著二月陰沉的春天。

沒人能夠分擔最後一聲喊叫
生命的陳規陋習
將我們引向生的恐懼。

無知安慰我們。幻想迷醉我們。
晨風在它通過的低窪處
打開我們第一次呼吸。

呼吸死亡，呼吸活著的遺忘就像
一條河掉頭奔流。

而你在天上，在樹木和草葉中
遠走又駐留。此中有一個作為詩人的我
朝著盜走了你面孔的風
追趕，繞過時間的悲傷⋯⋯

偶遇

瞧，這張年輕的臉
英俊，美好
雙眸含情，兩道眉毛
像藏著雨水的烏雲
飽滿的嘴唇微微上翹
使人忍不住想低下頭親吻

生於1962年，比你只大五歲
⋯⋯或許，你會愛上他
手拉手在四月的郊外踏青
並誤入這片荒蕪墓園
——若沒有那場戰爭

此刻，他被壓扁，粘在水泥上

孤單，寂寞

對你突然湧出的柔情報以淒涼的微笑

……啊，十八歲的他

已經死去三十多年

而就在他被炸成碎片的

　　那片土地的統治者

前不久剛剛友好來訪過。

中國，2012

那無濟於事的痛苦

從微博巨大的漏勺裡

慢慢滴落。

立交橋飛離了凍僵的人，

孩子把自己吊在紅領巾幸福的允諾上；

十二月的寒冷中

搓洗骯髒字詞的女人

擰絞著一匹濕重的布——

滑鼠拖來沉沉的死人，在你身上
是那麼擠。

薩拉・凱恩③的鞋帶

圈套變成了句號。
最柔軟的勒緊……

一個人對她的是說不。
一個人填滿虛空完成一個人的完整。

一根鞋帶絕不會讚美瘋狂。

死沒有早晚。扯平了。

啊，坐下來
我們為不懂乾一杯！

在安菲薩的老咖啡館

寫給陳超先生

——我看到你在窗口坐著，正寫著你的詩句。

1976年④，安哲洛普洛斯在這裡架起攝影機，
拍攝《流浪藝人》。咖啡館裡堆著道具，
演員和助理們有時也坐下來，在高高的天花板下
歇息。天是灰色的，彷彿這裡並不在希臘。
那一年的中國似乎也不在中國，
一位巨人死了。廣場上全是晃動的影子。

沙納西斯從咖啡館牆壁一側長長的鏡子裡
靜靜看著忙碌的劇組，裡面卻是1938⑤年某天早晨
咖啡館新開張時他父親的面容。
另一側是一個小小的戲臺，荷馬的英雄們
從那裡抵達特洛伊或者伊薩卡。

而此刻，他的女兒約爾伊婭在櫃檯後煮咖啡，
偶爾走到照片牆前，拂去安哲·洛普洛斯臉上
積落的灰塵。他的手臂朝前伸著

已經整整38年。咖啡館的戲臺
大幕已沉沉拉上，破舊的紙箱子堆在台前，
那是幽靈們最古老的家鄉。
夜深無人時，刀戈輕微的碰撞聲
會驚醒一隻老鼠，它拖著沉重的身體
從老舊的檯球桌上溜到鐵爐下取暖。

通常，咖啡館人少的時候
所有的椅子一律朝向大門，
玻璃窗外是安菲薩人來人往的小廣場
一個活動的戲臺，當年的兒童已經年邁，
銅像也已鏽滿斑駁的歲月。黃昏時
新來的客人推開咖啡館的門，叫上一杯Greece咖啡
靜靜坐下來，看臨近的幾個老人打牌。
她的背包裡帶著一張詩人的照片，
關於它，是《流浪藝人》的另一個故事，
2011年⑥首爾的一個山坡上，而它開始於1958年⑦，
一個饑饉和革命的年代。

「每一張照片都在爭奪遺像的位置。」
楊尼斯若有所思地說，「而我已經死去20年。」

他的身上，藏著一個無論何時都與他同齡的女人。
他們一同從德爾菲趕到此地，晚餐
將在半小時後開始。「親人們將在異鄉相見」，
她想，並凝神聽著襤褸大幕後的動靜，
文藝宣傳隊的娘子軍在後臺默默跳著芭蕾⑧，
一聲槍響，褐色的血慢慢從幕布下滲出。

「這裡是1938年，也是1976年。
華北某拖拉機廠的一個青年工人
車床前開始醞釀他的《案頭劇》⑨。
2014年我遇到陳超在希臘的一家咖啡館，
這裡人來人往，有熙熙攘攘奇異的寧靜。
燈光有些昏暗，照著他如常微笑的臉。」
而老沙納西斯跺腳，雙手擊著拍子
和那些停止衰老的人們一起唱著：
「別錯過今晚咖啡館動人的演出，
那樣的嘴唇，那樣的眼睛
那樣結實緊湊的年輕身體……」⑩

1989年⑪，咖啡館的戲臺關閉，一如遠方
突然雅雀無聲的廣場。多年來幽靈們常擠在

台口窺探，夜深人靜時便出來遊蕩。

6個小時的時差足夠互換彼此的晝夜：

遠在石家莊的殯儀館告別儀式剛剛結束，

陰霾密佈的天空下他望著遠方，像一隻

獵豹躍過他的反抗：「在那兒。不。在這兒。」

他已換上了新的布鞋——⑫

老人們在打牌，時間一動不動。

安菲薩老咖啡館的鏡子，正映出他消瘦的側臉。

2014.11.19

注：

①莎菲女士，丁玲小說《莎菲女士的日記》中的人物。

②斯塔西，前東德國家安全部，曾經是世界上最強大的情
　報機構，宗旨是擔任東德的政治員警，負責搜集情報、
　監聽監視、反情報等業務。

③薩拉‧凱恩（1971-1999）「，英國劇作家，生前著
　有五部劇作，28歲時用鞋帶自殺。
④1976年，希臘導演安哲洛普洛斯在安菲薩這家老咖啡
　館拍攝《流浪藝人》反映希臘軍政府獨裁時代人民的苦
　難歷史。那一年也是中國「文化大革命」結束的年份。
⑤安菲薩這家老咖啡館於1938年建成並開業。此時正值
　中日戰爭期間。第二年，第二次世界大戰爆發，希臘被
　德、義軍隊佔領。
⑥2011年，筆者與陳超先生等一同參加在韓國首爾舉辦
　的第二屆亞洲詩歌節，曾為他拍照片，聽聞他離世後贈
　送給他的家人。
⑦1958年5月，中國「大躍進」運動開始。同年10月，陳
　超出生於山西太原。
⑧陳超詩作《回憶：赤紅之夜》中寫到「文革」時期文藝
　宣傳隊演出芭蕾舞劇《紅色娘子軍》的情節。
⑨陳超年輕時曾是石家莊拖拉機廠的工人。《案頭劇》是
　他的一首描寫劇作家創作一部生活荒誕劇過程的長詩。
⑩此曲根據希臘愛情民謠改編，安哲洛普洛斯執導的電影
　《流浪藝人》主題曲，詞曲彌漫著歡快又悲傷的氣氛，
　曾在他的葬禮上演奏。
⑪據咖啡館主人沙納西斯介紹，1989年咖啡館已經不再
　演出，大幕就此關閉。那一年，中國爆發「六‧四」
　事件。
⑫此句和上面「在那兒。不，在這兒」一句，引自陳超
　《在這兒》一詩的結尾。

跋　燃起比憤怒更大的火焰

藍藍

　　或許，我從未像近幾年來這樣更為迫切地思考詩歌的形式問題——抑或準確地說，是如何捍衛詩之為詩的原則問題。這是因為來自現實生活的種種感受，常常使人不由自主地會把內心的表達變成另外的東西，儘管這同樣有道理而且必要。作為一個日常生活的公民是一回事，作為一個詩人的表達則是另一回事。這兩者並不矛盾，然而表達的藝術對表達者會有不同的要求。同是泥土，莊稼漢需要用它種好莊稼，而雕塑家則要用土塑好手下的作品。

　　並不是因為對現實的關注超出了對美或藝術形式的關注。不。恰恰相反，由於一個人可能在真實的生存狀態下，強烈地意識到她是人類整體的一份子，強烈地感到她並不缺乏這一清醒的認識，才會比以往更多地擁有想表達這一意識的渴望，由此引出了她對表達本身的重視和關注，而並非本末倒置地首先尋覓對詞語本身的想像力——我懷疑那種「超越」現實的詞語的想像力——有憑空而來的這種東西嗎？如果它首先不是來自人、來自人的感受和創造的話。但是，當一個人需要通過詩歌這一特殊形式來表達內心的時刻，她首先面臨的正是如何運用語言的藝術的考驗。

　　出於對「詩人」這一古老技藝和行當的尊重，必須思考它在人類生活中所發揮的作用及其存在的意義。對於詩歌能夠

滋養並培育人類的敏感，這一點毋庸置疑。為了更準確地表達人類的情感及經驗，激發和啟迪人類的思索及想像力，詩歌自身也在不斷地隨著社會歷史的變化而進行自我更新。漢語詩歌形式的變化也說明了這一點。從四言詩到後來的五言、七言、楚辭、大小賦、詞、曲，直至白話詩的出現，從外在形式到其內部語言、乃至語法規則，無不呈現出它所孜孜以求的、新的表達的可能性。詩歌語言是人類所能認識到的自然和社會的隱喻系統，詩歌語言是一切僵化語言的敵人，它的自由創造、無限的活力是對僵化語言內部令人窒息的、對人心智戕害和愚化的堅定不移的反對，是打破某些觀念合理化、權威化、程序化的生氣勃勃的力量。因此詩歌語言也是一切統治者的語言、意識形態語言的絕對的敵人。任何攜帶著個人鮮明特點的語言創造者，都可能是「大一統」語言的反對者和懷疑者。詩歌也能通過對生活細節的關注，再現在僵化語言中完全被概念化的現實。對於詩歌，我曾表達過如下看法：詩歌是語言的意外，但不超出心靈。詩歌是通過有內在節奏的文字、隱喻等形式引起讀者想像力重視並達到最大感受認同的能力。因此，我也可以說，詩歌最終並不是單獨者的自娛自樂，它尋求的仍然是作為人類所共有的情感和精神思想的回應。在某些時刻，它充當了荒野中孤獨的啟示者，但終究會聽到來自身邊或遙遠他方的回聲。詩歌的存在使人們無法心安理得地接受生活中的野蠻和醜惡，這不等於說詩歌有回避觀察和思考野蠻和醜惡的豁免權——正相反，詩歌必須要有消化一切的能力，必須要有破除一切概念化和抽象化的能力，這裡正是詩歌的起點——通往無限

之可能性和多義性，使其繁殖而不是石化。詩歌寫作的艱辛和意義也正是如此：從當下充斥著思想暴力的符號體系中挑選出詩人所需要的指涉詞語，重新以個人的方式組合、創造出一種新的語言形式。如果這不是布羅茨基所說的「從垃圾堆裡尋找鑽石」，那還能是什麼？一個詩人對現實中的野蠻和醜惡最有效的反抗，正是以建設新的詩歌語言開始：無論你描寫一場大雪、一朵野花的開放，還是關注一場人為的災難、法西斯般的惡行，倘若將其弱化或平庸化為非詩的語言，甚至墮落為意識形態的語言，無疑將詩歌變成了另外的東西而不是詩歌。

　　阿多爾諾曾寫道：「日復一日的痛苦有權利表達出來，就像一個遭受酷刑的人有權利尖叫一樣。因此，說奧斯維辛之後你不能再寫詩，這也許是錯誤的。但……在奧斯維辛集中營之後你是否能夠繼續生活？……它的繼續存在需要冷漠，需要這種資產階級主觀性的基本原則，沒有這一原則就不會有奧斯維辛。」或許，作為一個寫詩的人，既需要警惕政治道德化的傾向，也需要警惕詩歌非詩化的傾向。畢竟，詩人主要是靠作品證實其為人類所做的貢獻，詩人是語言的僕人，也是語言的創造者，他絕不應該是政治宣傳的工具，他靠詩歌語言呈現自身，正如鐵匠在打鐵時、木匠在鋸刨的活計裡證明其價值。自然，作為人有人的道德，而藝術亦有藝術的道德，藝術的道德便是在藝術的領域裡有所創造，這亦是對人類精神生活的貢獻。大約是這個緣由，才有了龐德的「技藝考驗真誠」這一針對藝術家和詩人的說法。

　　我願意再一次援引茨維坦・托多羅夫的話，說明在良知

和技藝之間複雜的關係:「做好一件工作是否總構成善,不應僅僅根據它們是什麼而且也應根據它們被用來做什麼進行來判斷。一個人必須將其用途和後果一起放進頭腦考慮之中。這是因為,個人的尊嚴並不建立在社會認可之上,而僅僅在於良心和其善的意義懸而未決的行為之間的一致。」對於一些將美學和倫理學等同的詩人來說,技藝仍然是一道永遠橫在面前的難題,在此,解決好這一難題無疑是更好地表達其倫理傾向的唯一出路。

記得讀初中的時候,我家住在機械廠,廠裡有一個鑄造翻砂車間。一些預先做好的耐高溫翻砂模具,等待著烈火熊熊的巨大化鐵爐將鋼鐵邊角料、鐵屑等化為鐵水澆鑄進來,並有冷卻床將其迅速冷卻成型。這一過程非常像詩歌寫作,高漲的情緒、複雜的感受也需要形式和語言理性的規約和指導,如此才能創造出好的作品。即便是面對令人窒息的現實,也必須燃起比憤怒更大的火焰──蓋因寫詩不是出於詛咒,歸根結底是出於對人、對美和自由的熱愛。

2012.7.29

語言文學類　PG1369　中國當代詩典　第二輯13

一切的理由
——藍藍詩選

作　　　者/藍　藍
主　　　編/楊小濱
責任編輯/李書豪
圖文排版/連婕妘
封面設計/蔡瑋筠

發 行 人/宋政坤
法律顧問/毛國樑　律師
出版發行/秀威資訊科技股份有限公司
　　　　　114台北市內湖區瑞光路76巷65號1樓
　　　　　電話：+886-2-2796-3638　傳真：+886-2-2796-1377
　　　　　http://www.showwe.com.tw
劃撥帳號/19563868　戶名：秀威資訊科技股份有限公司
　　　　　讀者服務信箱：service@showwe.com.tw
展售門市/國家書店（松江門市）
　　　　　104台北市中山區松江路209號1樓
　　　　　電話：+886-2-2518-0207　傳真：+886-2-2518-0778
網路訂購/秀威網路書店：http://www.bodbooks.com.tw
　　　　　國家網路書店：http://www.govbooks.com.tw

2015年10月　BOD一版
定價：280元
版權所有　翻印必究
本書如有缺頁、破損或裝訂錯誤，請寄回更換

國家圖書館出版品預行編目

一切的理由：藍藍詩選 / 藍藍著. -- 一版. -- 臺北市：
秀威資訊科技, 2015.10
　　　面；　公分. -- (語言文學類；PG1369)(中國當代
詩典. 第二輯；13)
　　BOD版
　　ISBN 978-986-326-347-0(平裝)

851.487　　　　　　　　　　　　　　104011199

讀者回函卡

感謝您購買本書，為提升服務品質，請填妥以下資料，將讀者回函卡直接寄回或傳真本公司，收到您的寶貴意見後，我們會收藏記錄及檢討，謝謝！
如您需要了解本公司最新出版書目、購書優惠或企劃活動，歡迎您上網查詢或下載相關資料：http:// www.showwe.com.tw

您購買的書名：_____

出生日期：_____年_____月_____日

學歷：□高中 (含) 以下　　□大專　　□研究所 (含) 以上

職業：□製造業　□金融業　□資訊業　□軍警　□傳播業　□自由業
　　　□服務業　□公務員　□教職　　□學生　□家管　□其它_____

購書地點：□網路書店　□實體書店　□書展　□郵購　□贈閱　□其他

您從何得知本書的消息？

　□網路書店　□實體書店　□網路搜尋　□電子報　□書訊　□雜誌
　□傳播媒體　□親友推薦　□網站推薦　□部落格　□其他_____

您對本書的評價：（請填代號　1.非常滿意　2.滿意　3.尚可　4.再改進）

　封面設計____　版面編排____　內容____　文／譯筆____　價格____

讀完書後您覺得：

　□很有收穫　□有收穫　□收穫不多　□沒收穫

對我們的建議：_____

_____

_____

_____

11466
台北市內湖區瑞光路 76 巷 65 號 1 樓

秀威資訊科技股份有限公司　　　收

BOD 數位出版事業部

....

（請沿線對折寄回，謝謝！）

姓　　名：＿＿＿＿＿＿＿＿＿＿　年齡：＿＿＿＿　性別：□女　□男

郵遞區號：□□□□□

地　　址：＿＿＿＿＿＿＿＿＿＿＿＿＿＿＿＿＿＿＿＿＿＿＿＿＿

聯絡電話：(日) ＿＿＿＿＿＿＿＿＿＿＿＿　(夜) ＿＿＿＿＿＿＿＿＿＿＿＿

E-mail：＿＿＿＿＿＿＿＿＿＿＿＿＿＿＿＿＿＿＿＿＿＿＿＿＿